ENQUÊTES & SUSPENSE®

Au…

Da…

EN…

Gérard Croguennec
- Voile épais au Cor…
- Brest, Abri 668
- Morlaix en eaux p…
- La martyre du Co…
- Le silencieux du Conquet

Michèle Corfdir
- Le Crabe
- Mortel Hiver sur le Trieux *(épuisé)*
- Chasse à corps à Bréhat
- Larmes de fond *(épuisé)*
- Vent contraire à Loguivy-de-la-Mer
- Herbes amères à Belle-Isle-en-Terre *(épuisé)*
- Il court, il court, le furet des Abers *(épuisé)*
- Fest-Noz sur le Nil
- Eau dormante en Trégor *(épuisé)*
- Nuits assassines à Paimpol
- Crime à l'Armoricaine *(épuisé)*
- Vendredi noir sur l'Arcouest
- Sueurs froides sur le Goëlo
- Baignade clandestine à Bonaparte
- La route s'arrête à Loguivy-de-la-Mer

Gisèle Guillo
- Dernier rendez-vous à Vannes
- Du Léman au Morbihan *(épuisé)*
- Tempête à Quiberon
- La Belle de Carnac *(épuisé)*
- Le Saigneur de Quimper
- Vol de pigeons à Arradon *(épuisé)*
- Cash-cash au Crouesty *(épuisé)*
- Le Diable noir de Saint-Cado
- Clair-obscur à l'Île-aux-Moines *(épuisé)*
- Port-Louis, les ombres de la citadelle
- La Maison au bord du Golfe *(épuisé)*
- Les Amants Terribles de La Trinité
- Étel coupable ?
- Danger à Saint-Goustan

Jean-Louis Kerguillec
- Carantec à corps perdu
- Enlèvement en Baie de Morlaix *(épuisé)*
- Mauvaise passe sur l'île Callot
- Les Amours Noires du Léon
- Le disparu du Taureau
- Frai*zh* Connection
- Le Crapaud de l'île de Batz

…ville
…épuisé)
…eld

- 13e lune à Concarneau *(épuisé)*
- 32 octobre à Roscoff *(épuisé)*
- Terminus à Lannilis *(épuisé)*
- L'Enfer de Plogoff
- Alerte rouge à Brest *(épuisé)*
- Bad Trip à Lorient
- Le Cobra de Brest
- Le Mouton noir de Roscoff
- Sang pour sang à Recouvrance
- Amnésie sur Quimper
- Chat noir à Brest
- Bain acide à Douarnenez

Séverine Le Corre-Mongin
- Drame en Morbihan

Bernard Larhant
- Quimper sur le gril
- Douarnenez, piège à Mouettes
- Les Galets de Tréguennec
- Les bas-fonds de Quimper
- Pas de pardon à Locronan
- Un pavé dans La Loire
- Psychose sur Bénodet
- Sang d'encre au Mans
- La Torche entre deux eaux
- Du Pastis dans l'Odet
- Les Ombres du Rennes-Quimper
- La Madone du Faouët *(épuisé)*
- Effet domino à Concarneau
- Le Môme de Fouesnant
- Hors la loi à Groix
- Omerta Bigoudène
- Alliance explosive à Audierne
- Jeux pervers à Quimper
- Chasse à l'homme au Ménez-Hom
- Dans les frissons de Nantes
- Manhattan-Tréboul

Pierre Engélibert
- L'Ours du Finistère
- Drôle d'oiseau à Brest

ENQUÊTES & SUSPENSE

Aux Éditions Alain Bargain

Dans la collection
ENQUÊTES ET SUSPENSE® :

Serge Le Gall
- La secte de l'Aven *(épuisé)*
- Sables mouvants à Bénodet *(épuisé)*
- La Douarneniste et le Commissaire *(épuisé)*
- Corps-mort à l'Île-de-Batz *(épuisé)*
- Traque noire à Audierne *(épuisé)*
- Fugue mortelle en RÉ *(épuisé)*
- Le moine rouge de Carantec *(épuisé)*
- La Sirène de Port Haliguen *(épuisé)*
- Coup fourré dans les Monts d'Arrée
- Vagues à lames à Noirmoutier *(épuisé)*
- Dépression sur les Glénan
- Belle-Île "Amère" *(épuisé)*
- Calvaire à Plougastel-Daoulas *(épuisé)*
- Course-poursuite sur l'Aven *(épuisé)*
- Cible ultime dans les Montagnes Noires
- Rouge baiser de Crozon *(épuisé)*
- Sac de nœuds à Trévignon
- Retour coupable à Pont-l'Abbé *(épuisé)*
- Quiberon Enrage *(épuisé)*
- Secrets salés à Fouesnant
- Fausses notes à Larmor-Plage
- Jeux de drames à Douarnenez
- Nature morte à Pont-Aven
- Châtiment à Port-Launay
- La belle endormie de Port-Manech
- Matin blême à Rosporden
- Coup de balai à Carnac
- Mortes-eaux à Riantec

Simone Ansquer
- Téviec, le Secret *(épuisé)*
- Aux tours de La Rochelle
- Grain de sable à Saint-Pierre-Quiberon
- Le mystère de la Cathédrale de Vannes *(épuisé)*
- Carnac, les menhirs disparus
- Bons baisers de l'île de Houat
- Nuit d'Enfer à Quiberon
- Belle-Île ne répond pas

Élisabeth Mignon
- Fontaines mortelles à Quimper
- Jardins funèbres en Cornouaille
- Déferlantes au Guilvinec
- Cadavres exquis à Châteaulin

Catherine Schubert
- Odeur de sang à Penvénan
- Le vilain de la Vilaine

Rémi Devallière
- L'esprit d'Hoëdic
- Calculs sévères à Saint-Nazaire
- Sacré bidule à Pornichet
- "Pari" au mois d'août
- Piriac et son caillou mystérieux
- Vol 744 pour Le Pouliguen

Michel Courat
- Ça meurt sec à Locquirec
- Marée rouge à Plestin-Les-Grèves
- Coup de grisou à Pleumeur-Bodou *(épuisé)*
- Mort en vrac à Morlaix
- Sauvage farandole à Paimpol *(épuisé)*
- Mise à mort en Bretagne nord *(épuisé)*
- Masques de Terreur à Lanmeur *(épuisé)*
- Été meurtrier à Tréguier
- Le raisin coule à Lesneven
- Le Diable s'invite à Locquirec
- Morts à gogo à Plouguerneau
- Morlaix, TERminus !
- Les dessous de Plougasnou
- Granite écarlate
- Dernier tango à Plouescat

Jean-Michel Arnaud
- Cavale à Brest
- Blues en Rafale à Landivisiau
- Le bagad bombarde à Quimper
- Loto létal dans le Léon
- Fresque de sang sur le Ponant
- Lettres mortes à Lannilis
- Lame scélérate à Morgat
- À bout de souffle à Landerneau

Bernard Enjolras
- Îlot mortel à Trégastel
- 3 petits singes en Côtes-d'Armor
- Mauvais sorts dans Le Trégor *(épuisé)*
- Micmac à Ploumanac'h
- Sale temps sur Penvénan
- Jeu d'échecs à Perros-Guirec
- Guêpier à Tréguier
- Jackpot dans le Léon
- Requiem à Paimpol
- Escale à Cancale
- L'inconnue de Saint-Thégonnec
- Code assassin à Trébeurden

Aux Éditions Alain Bargain

Dans la collection
ENQUÊTES ET SUSPENSE :

Stéphane Jaffrézic
- Chili-Concarneau
- Ville bleue et beaux dégâts
- Disparitions en Pays Fouesnantais
- Tri Yann Tro Breizh
- Vengeances croisées à Nantes
- Escale forcée à Brest
- Dolmens sanglants en Bigoudénie
- Escapade à Landerneau *(épuisé)*
- Le mauvais fils de Guidel
- Murder party à Quimper
- Rendez-vous raté à Quimperlé
- La Korrigane de Concarneau
- Coup de chaud à Bénodet
- Trafic en Finistère

Jacques Minier
- Traque mafieuse à Saint-Malo
- Double peine à Rennes

Jean-Jacques Égron
- Marais mouvant dans le Golfe
- Tracto Breizh
- Embruns toxiques sur Lorient
- Les Privés du Croisic
- Vannes à l'encre rouge
- Les oubliettes de la Presqu'île

Solenn Colléter
- Lettres de sang sur la Côte Sauvage

Philippe-Michel Dillies
- Meurtres à Monnaie *(épuisé)*
- Chasse à Tours *(épuisé)*
- Train d'enfer pour St-Pierre-des-Corps *(épuisé)*
- Les roses noires de Chartres *(épuisé)*
- Du raisiné à Vouvray *(épuisé)*
- Partie truquée à Descartes
- Embrouille à Amboise *(épuisé)*
- L'écheveau de Blois
- Anicroches à Loches
- Murmures en Saumur
- Les plumes noires de St-Cyr-sur-Loire
- Clash à Tours

Marie Vaillant
- Chantage Bigouden
- Les corps mourants de Plozévet *(épuisé)*
- Vague blanche au Pouldu
- Malaise sur la côte lorientaise
- Vie de château à Pont-L'Abbé
- Locronan a la gueule de bois

Vincent Cabioch
- 5 Diables Verts à Huelgoat

Patrick Bent
- Erquy profite le crime *(épuisé)*
- Le macchabée du Val-André *(épuisé)*
- Saint-Cast priez pour eux ! *(épuisé)*
- Hécatombe à Saint-Malo
- Nuit noire à Dinard *(épuisé)*
- Algues fatales à Erquy *(épuisé)*
- Rock'n'Roll à Lamballe
- Pluie de fiel sur Fréhel
- Arnaque à Erquy

Alain Couprie
- Ça chauffe à Roscoff *(épuisé)*
- Pas d'oignons pour le Léon *(épuisé)*
- La Mutilée de Saint-Renan *(épuisé)*
- Drague folle à Lannion *(épuisé)*

Christophe Chaplais
- Pâté de Corbeau aux amandes amères *(épuisé)*
- Le calisson jusqu'à la lie
- Farz aux herbes de Portsall
- Addition salée au Croisic
- Salade russe aux noix de Grenoble *(épuisé)*
- Fourchette mortelle à Chinon *(épuisé)*
- Soupe de Crabes à Brest
- La face cachée des Étoiles *(épuisé)*
- Mélodie gourmande à Guérande

Jean-Pierre Farines
- Brume sur la Presqu'île
- La route de Rocamadour
- Le Phénix est mort à Camaret
- Cercueil vide en Mer d'Iroise

Le SILENCIEUX du CONQUET

POL'art

Aux Éditions Alain Bargain

®*Dans la collection* ***POL'ART :***

Serge Le Gall

- Sombre dessein à Pont-Aven
- Meurtres du côté de chez Proust *(épuisé)*
- Eaux-fortes à Ste-Marine *(épuisé)*
- Ciel rouge au Pouldu *(épuisé)*

Loïc Gourvennec

- Le râle du basson *(épuisé)*

Yves Horeau

- Monsieur Butterfly *(épuisé)*

Renée Bonneau

- Nature morte à Giverny *(épuisé)*
- Séquence fatale à Dinard *(épuisé)*
- Sanguine sur la Butte *(épuisé)*

Stéphane Jaffrézic

- Toiles de fond à Concarneau
- Le Rubis de Châteauneuf-du-Faou

Gérard CROGUENNEC

Le SILENCIEUX du CONQUET

Collection

ENQUÊTES & SUSPENSE

Quadri Signe - Editions Alain Bargain
125, Vieille Route de Rosporden - 29000 Quimper
E-mail : contact@editionsalainbargain.fr
Site Internet : www.editionsalainbargain.fr
Facebook : https://www.facebook.com/editionsalainbargain

I

Lourdement appuyé sur la table, les coudes supportant un corps fatigué par des journées éprouvantes de travail, Jo Le Mestrel tournait machinalement sa cuiller dans un bol de café fumant. La pendule de la cuisine affichait 2 heures 30 du matin. Un bruit dans l'escalier lui fit lever la tête.

— T'es pas couchée ? marmonna-t-il.

Sa femme ne prit pas la peine de lui répondre et vint s'asseoir en face de lui. En silence, elle lui adressa un petit sourire, le regard perdu dans le visage taillé à la hache de son mari.

Elle s'attarda sur ses yeux par lesquels il s'exprimait davantage que par la parole et à cet instant, elle y lut comme un reproche. Aussitôt, elle s'appliqua à lui resservir du café.

— Tu en as assez ?

Il ne répondit pas, se contentant de se redresser un peu, prit une profonde inspiration sonore et finalement lâcha :

— Tu l'as encore vu hier ?

— Qui ?

— Tu sais bien de qui je veux parler ! dit-il en baissant les yeux sur son petit déjeuner tout en tambourinant de ses doigts épais et musculeux la toile de la nappe cirée.

— Tu es ridicule !

En disant cela, elle s'éloigna vers le réfrigérateur au fond de la pièce et ajouta :

— Tiens ! N'oublie pas ce que je t'ai préparé ! J'en ai rajouté pour tes gars !

Et elle posa devant lui une glacière avec le repas et les casse-croûte de la journée. Elle aimait savoir qu'il mangeait bien quand il se trouvait en mer. Sans se l'avouer, c'était pour elle une façon de se rassurer quant aux dangers qu'il courait, l'illusion de garder le lien avec lui. Du coup, elle agissait de même avec les deux matelots en les gratifiant quotidiennement de petites attentions qui prenaient la forme de charcuterie, de gâteaux et autres douceurs censées leur rendre le métier plus supportable.

Jo recula vivement sa chaise, se releva et se dirigea vers l'évier où il alla rincer son bol. Tout en l'essuyant, il regardait Valérie, sa femme, sans mot dire. Au même moment, un bruit de moteur se fit entendre juste devant la maison.

— C'est Yann ! Il est en avance ! dit-elle en écartant doucement les rideaux.

— Ah oui ! Bon, j'y vais ! Tu ne me caches rien ?

— Mais non voyons ! Tu te fais des idées ! Tu sais bien pourquoi on se voit !

Prenant sa femme par la taille, il la serra contre lui à l'étouffer et l'embrassa violemment. Quand il reprit haleine, d'une voix basse, il lui glissa dans l'oreille : « Je t'ai dans la peau, ne me trahis pas ! »

Pour toute réponse, Valérie passa les mains dans la tignasse sauvage de son mari, le regarda droit dans les yeux pour finalement lui appliquer un baiser sur le front.

— Allez, vas-y gros bêta, Yann t'attend ! Et ne tarde pas ! Ce soir il y aura une surprise… susurra-t-elle en prenant une pose lascive.

Dans la cour, juste devant la maison, la camionnette crachait son haleine de gas-oil dans le froid matinal. Sur le plateau arrière du véhicule, des filets et des casiers s'entassaient, prêts à être embarqués. Par la fenêtre avant, Yann fit un signe à Valérie qui les observait depuis la fenêtre de la cuisine.

Jo prit place sur le siège passager, se saisit de la cigarette allumée que lui tendait Yann et d'un hochement entendu de la tête lui donna le signal du départ. Le véhicule s'ébroua dans un concert de grincements et de respiration spasmodique pour prendre la direction du port.

Les rares réverbères éclairés balisaient la solitude matinale des deux pêcheurs comme une haie d'honneur dévolue à ces travailleurs de la mer. Les pétarades du moteur mal réglé éclaboussaient le sommeil de leurs congénères.

Il faudrait que je prenne le temps de le réparer, pensa Jo Le Mestrel en propulsant son mégot par la fenêtre d'une chiquenaude bien ajustée alors qu'ils abordaient la descente vers les quais où régnait déjà une certaine activité.

Alignés le long du bord, les fileyeurs caseyeurs dansant sur leurs amarres piaffaient d'impatience, laissant entendre la sourde rumeur de leurs gros moteurs diesel.

Yann vint se garer devant l'un d'entre eux "l'Albatros", sur lequel Kévin Dourduff, le second matelot, s'activait déjà. Les deux ponts du bateau, l'avant et l'arrière, y disparaissaient littéralement sous un entassement très organisé de casiers bleus et noirs, 500 au total. Pour couronner l'ensemble, à la façon d'un sapin de Noël, des bouées roses dépassaient çà et là.

Péniblement, encore engourdi de sommeil malgré le café, Jo s'extirpa du véhicule et marqua un temps d'arrêt. Une bruine soudaine, portée par un vent d'ouest lui cingla le visage. À dix mètres sur sa gauche, il aperçut le patron du "Pen Kalett" qui lui faisait signe. Plus de vingt ans déjà que l'un et l'autre sillonnaient leur mer du bout du monde.

Tout en lui répondant de la main, il rejoignit son bord, le sac sur l'épaule et se rendit directement dans la timonerie où la VHF crachotait des mots inaudibles sur fond de parasites. Après avoir enlevé sa veste, il passa la tête au-dehors et interpella son équipage composé des deux matelots et du chef mécanicien qui dormait déjà dans le poste :

— Alors ?

— C'est bon ! répondit Yann, posté devant la table de filage. Tout est à bord, on est prêt !

— Larguez tout ! cria Jo, tout en posant sa main droite sur la barre, s'apprêtant à manœuvrer pour l'appareillage.

Yann et Kévin libérèrent l'Albatros des haussières qui le retenaient prisonnier et aussitôt, le bateau se mit en mouvement, fort de ses 600 CV.

Dans dix minutes tout au plus, toute la flottille aurait quitté le port et la petite ville côtière retrouverait le calme. Comme à la parade, les caseyeurs chamarrés quittaient un à un l'enceinte du port abrité, mettant les gaz sitôt passée la pointe de Kermorvan où le phare les saluait de son éclat. Les uns après les autres, la nuit les avalait, distillant de temps à autre l'éclat de leur éclairage de bord.

L'Albatros quitta le port le dernier. Moteur au ralenti, il se fraya un passage entre les bateaux au mouillage pour doubler enfin le bout de la jetée qui faisait face au large. À la barre, Jo s'allumait une cigarette pendant que Yann nettoyait le pont ; Kévin, lui, se reposait dans sa bannette. C'était ainsi tous les jours, le patron assurait le quart à la barre pendant que les autres membres d'équipage se reposaient en attendant d'arriver sur la zone de pêche. Alors seulement, ils attaquaient le travail après un petit déjeuner pris à bord, vers 5 ou 6 heures du matin. Aujourd'hui, ils allaient au-delà de la chaussée des Pierres Noires, à l'ouest-sud-ouest de la pointe Saint-Mathieu, à une vingtaine de milles du Conquet, leur port d'attache.

Brusquement, Yann interrompit le lavage du pont. Il se passait quelque chose d'inhabituel. Sur le coup, il lui sembla que le bateau avait perdu son cap. Inquiet, il laissa tomber son tuyau et se précipita à la timonerie. L'Albatros semblait tournoyer sur lui-même.

— Eh Jo ! Qu'est-ce que tu fous ?

Le patron ne tenait plus la barre quand il entra dans la timonerie mais c'est elle qui supportait son poids. Affalé dessus, les bras pendant le long du corps, sa tête avait explosé. À l'intérieur, les cloisons sanguinolaient d'éclaboussures anarchiques. Yann actionna la manette de commande et coupa la vitesse freinant ainsi la course du bateau. Alertés par la manœuvre subite, Kévin et le chef mécanicien accoururent.

— Merde ! lâcha dans un souffle Kévin. Qu'est-ce qui s'est passé ?

Incapable de répondre, encore sous le choc, Yann ne bougeait plus, le regard fixe, hébété. Précipitamment, il se jeta à la fenêtre pour vomir dans la nuit. Plus calme, Michel, le chef mécanicien, prit le temps de détailler la scène. C'est ainsi qu'il vit un impact dans la vitre latérale droite, probablement occasionné par le tir d'une balle, pensa-t-il. Il se saisit de son portable et composa le numéro de la police. Dernier signe de vie dans la timonerie, le ballet de l'image radar sur l'écran qui tournait sur son axe.

— On ne touche plus à rien, ils arrivent !

Ils jetèrent l'ancre pour stabiliser l'Albatros et attendirent à l'extérieur en silence, tirant en rythme sur leurs cigarettes.

II

À l'autre bout de la pièce, la sonnerie du téléphone retentit. Enfoui sous des vêtements épars sur la table du salon, le combiné laissait entendre un signal régulier, strident, obsédant. Ne laissant pas le temps à la quinzième litanie électronique de s'achever, une main rageuse se saisit du perturbateur de sommeil. Même pas fichus de respecter le repos nocturne ! pesta Tugdual Darcival en s'asseyant laborieusement sur le bord du lit. Tout en écoutant son interlocuteur à l'autre bout du fil, il jeta un coup d'œil furtif à la pendule. « Merde ! Déjà 5 heures 45 ! » Les volets clos et bien opaques ne laissaient filtrer aucune lumière dans la pièce. À peine réveillé, assis sur le bord du canapé, il parcourut des yeux son environnement, un petit appartement mal tenu où aucune fille ne viendrait s'aventurer d'elle-même. Des cadavres de bouteilles vides, des emballages graisseux de chips et gâteaux divers et variés jonchaient le sol, impudiques. À l'autre bout du fil, le parquet de Brest l'avisait qu'un meurtre avait eu lieu sur la commune du Conquet et on lui donnait pour mission de conduire l'enquête sur place.

Le Conquet ? Il ne se souvenait pas y être déjà allé. Au moins deux heures de route, se dit-il. Il situait la localité au bout du monde, pas très loin de Brest, ce qu'on ne tarda pas, par ailleurs, à lui confirmer en lui signifiant qu'un train partait dans une heure de Rennes qui le ferait arriver à Brest vers 9 heures. On viendrait l'y chercher. L'appel ne dura pas longtemps et quand il eut raccroché, il se releva sans entrain pour se diriger vers la salle de bains faisant halte devant la glace. Chef-d'œuvre en péril ! pensa-t-il en détaillant les affres que le temps imprimait sur son visage. Le temps, certes mais aussi et peut-être surtout le résultat d'une vie déréglée et sans boussole. Depuis quelques mois déjà, il faisait n'importe quoi, il le savait bien mais peinait à sortir de cette spirale infernale.

Son histoire sentimentale passée, avec ses déboires et ses souffrances, se lisait sur les rides récentes, sur la barbe grisonnante de trois jours et sur les poches d'où semblaient s'évader deux yeux hagards. L'enterrement de son père, trois mois auparavant, avait contribué à l'achever. Il prit son visage à deux mains, laissant courir les doigts sur la rugosité de la pilosité. Puis, mû par une énergie soudaine, il s'empara de la bombe de mousse à raser, et s'appliqua à dissimuler les stigmates. Tenant fermement le rasoir deux lames de la main droite, il entreprit alors une certaine forme de résurrection. Il en était sûr, chaque passage de l'outil, en fauchant les poils hirsutes, le ramènerait à la jeunesse et au bien-être. Faire peau neuve, se persuada-t-il en s'appliquant à la tâche, ce n'était pas plus difficile que ça… Méthodiquement, lentement, le métal lui rendit un aspect plus présentable. Il s'aspergea d'eau des deux mains, s'appliqua de l'après-rasage au parfum mentholé et seulement ensuite consentit à se regarder. Acceptable, se dit-il, en faisant une moue dubitative, on va pouvoir y aller.

À la hâte, il s'habilla et prépara son barda pour le bout du monde. Négligemment, il fourra son sac de tout ce qui traînait à proximité : slips, caleçons, chaussettes dépareillées, pantalons et chemises froissées… Le temps de récupérer son arme de service et ses papiers, d'attraper sa veste au passage et il descendit au rez-de-chaussée.

En bas de l'immeuble, il prit le temps de boutonner son blouson de cuir, et son sac en bandoulière, se dirigea vers la gare, à l'image d'autres piétons qui y convergeaient déjà tout comme lui. Il avait encore du temps avant le départ du train mais pour autant il adopta quand même une marche rapide. Histoire de tempérament probablement, comme on le lui avait souvent dit. De toute façon il ne savait pas faire autrement. De sa main libre, tout en marchant, il alluma une cigarette et cracha d'aise la première bouffée de fumée de la journée. Il repensa à l'appel reçu plus tôt, on ne lui avait donné aucun détail concernant l'homicide sur lequel il allait enquêter. Il savait seulement que cela avait eu lieu dans un petit port de pêche et pour qu'on ait fait appel à ses services, le cas méritait sûrement qu'on marchât sur des œufs. À la section de recherche de la gendarmerie de Rennes, Tugdual se distinguait de ses collègues par une grande expérience du terrain et un sens aigu de la discrétion.

Depuis sept mois, toutefois, il avait changé et alors qu'il approchait de la gare, il se demandait s'il serait encore à la hauteur. Le décès soudain de son père l'avait brisé et il peinait à remonter la pente.

Il jeta un coup d'œil à sa montre et au tableau d'affichage des départs. Il disposait d'un peu plus d'une demi-heure, juste le temps de prendre un café. Il s'installa à une table dans le hall de gare. Abruti par la rumeur ambiante ponctuée des annonces impersonnelles de la SNCF, Tugdual Darcival tournait machinalement sa cuiller dans le café. À sa droite, une femme mangeait un croissant. Du coin de l'œil, il l'observait, attentif au mouvement de ses mâchoires et à la hargne qui l'animait à chaque fois qu'elle portait la viennoiserie à la bouche, comme si sa vie en dépendait. La pointe de feuilletage disparaissait alors dans le gouffre avide où des dents bien blanches sectionnaient ce qui allait devenir plaisir. Se sentant observée, l'inconnue le regarda soudain et, gêné, il lui sourit avant de fixer les tourbillons noirs de son breuvage matinal.

Les vibrations de son téléphone portable le tirèrent de sa rêverie. La consultation de ses messages lui apprit qu'on lui communiquait des informations au sujet du meurtre. Il fit ainsi connaissance avec celui qui allait devenir son compagnon de tous les jours à venir. Hier encore inconnu au bataillon, Jo Le Mestrel, marin pêcheur de son état, n'aurait bientôt plus de secret pour lui. Petit à petit, il allait s'immiscer dans la vie de cet homme, ou plutôt ce qui était devenu son passé maintenant, et contribuer ainsi à le maintenir encore un peu dans le monde des vivants. Sa tête lui plut. Elle correspondait bien à l'idée qu'il se faisait des hommes de mer et il tomba sous le charme du physique sans complaisance, brut, anguleux, dur. Vivant, ils auraient peut-être pu s'entendre mais en l'état, il ne le connaîtrait qu'au travers de ce qu'on voudrait bien lui en dire et de ce qu'il avait fait. Comme d'habitude, il le savait, il irait de surprise en surprise.

Un moineau, à ses pieds, picorait frénétiquement et sans crainte les miettes du croissant de sa voisine. Instantanément, il se revit à la sortie de l'église, trois mois plus tôt. L'image du cercueil porté à dos d'hommes par lui et les amis de son père s'imposa à son esprit de même que le goéland qui avait piqué doucement sur eux d'un vol ample et majestueux, comme sorti de nulle part, poussant sa plainte dans le crachin. Sur le moment, il avait eu la certitude qu'il s'agissait de son père, revêtu du costume de l'oiseau pélagique. Aujourd'hui, il le croyait encore. Il voulait y croire.

III

« Brest, Brest, terminus de ce train, tous les voyageurs descendent de voiture. Assurez-vous que vous n'avez rien oublié derrière vous ! »

Il n'aurait su dire à quand remontait son dernier passage dans la ville du Ponant mais à chaque fois il éprouvait ici des sensations particulières. Cette ville au bout du monde avec sa rade immense ouverte sur l'océan Atlantique le comblait. À chaque trajet en TGV, les derniers kilomètres l'absorbaient tout entier et quand, du serpent d'acier glissant sur son fil d'Ariane le long de la rivière l'Élorn, il apercevait les vasières et les herbus baignant dans la lumière océanique, il jubilait. Intimement, comme au terme d'un pèlerinage, il savait alors qu'il était arrivé. Pas seulement à destination, non, davantage, sur un plan plus métaphysique son esprit trouvait ici un embarcadère idéal pour s'extraire du monde des vivants et approcher une autre dimension, plus intérieure celle-là.

À sa descente du wagon, il aperçut sur le quai une consœur en tenue. Le sac sur l'épaule il se dirigea vers elle et cette dernière l'apostropha :

— Lieutenant Darcival ? Sous-lieutenant Després ! se présenta la jeune sous-officier en arrivant à ses côtés. Vous avez fait bon voyage ?

Darcival prit le temps de détailler son vis-à-vis avant de répondre à la belle trentenaire qui se tenait devant lui, une métisse à fière allure et à la tenue impeccable.

— On m'a désignée pour vous assister dans l'enquête. Je vais vous conduire au Conquet d'où il est prévu que nous conduisions les opérations, reprit Valentine Després d'une voix chaude et enjouée.

À leur sortie de la gare, la rade se déroulait sous leurs yeux et Darcival fit quelques pas pour mieux la voir. D'un regard, il embrassa ce que la ville offrait à la mer : grues multicolores aux formes d'insectes, pétroliers en carénage, bateaux de commerce, flottille de pêche et un peu plus à droite les bâtiments de la Marine nationale, la Royale comme on l'appelait ici.

— Si vous le désirez je peux emprunter un itinéraire qui longe la côte, on profite alors d'une vue imprenable et cela ne rallonge pas le trajet.

— Va pour l'itinéraire bis, répondit, surpris, Darcival.

Ils prirent place dans le véhicule banalisé, une Kangoo grise, et descendirent la rampe du port pour remonter ensuite vers le château de Brest. Les vieilles fortifications Vauban témoignaient seules du passé de la ville tant les bombardements alliés de la deuxième guerre mondiale avaient meurtri alors la cité. Aujourd'hui, les jours de pluie, la ville de Brest reconstruite exhalait des parfums des pays de l'Est par le gris des immeubles rangés suivant une logique de plan de rue à l'américaine. De la mer, c'était différent, Darcival le savait pour l'avoir vue sous cet angle à l'occasion d'une régate dans la rade. Ce jour-là, le soleil arrosait littéralement la ville, lavant ses murs, n'en gardant que le blanc immaculé pour lui donner des airs de Tanger.

— Vous êtes ici depuis longtemps ? demanda Darcival.

— Je suis arrivée l'année dernière. Avant, j'étais à La Réunion.

— Alors, vous connaissez peut-être le commandant Jean-Marc L'Hostis ? Il est en poste au commissariat de Brest.

— Si vous voulez parler de celui qui a permis l'arrestation du serial killer il y a deux ans, il a quitté la région. Sa compagne, fortement éprouvée par cette affaire* est allée s'installer en Polynésie pour se reconstruire et L'Hostis a posé un congé sans solde pour la suivre. Vous le connaissez personnellement ?

— Pas vraiment mais je sais que les juges de Brest lui confiaient souvent les affaires du bout du monde en raison de sa bonne connaissance du pays.

Ils se turent ensuite, absorbés par le trajet, jusqu'à

*Voir La martyre du Conquet, même auteur.

ce qu'ils arrivent à la hauteur de la plage de la Maison Blanche où Darcival demanda à Després de s'arrêter.

— Pourquoi est-ce qu'on s'arrête ?

— Pour fumer, répondit-il laconiquement tout en sortant une cigarette de son étui.

Tout en l'allumant, il se dirigea vers la cale que la mer recouvrait déjà à mi-hauteur. Posté à deux mètres des vagues qui venaient mourir à ses pieds, il fumait, silencieux, expulsant bruyamment la fumée. Derrière lui, se tenant à une distance respectable, Després attendait. De sa place, sans se retourner, Darcival lança à l'adresse de sa subordonnée :

— Qu'est-ce qu'on sait de ce Jo Le Mestrel ?

— 42 ans, marié, deux enfants, profession marin pêcheur.

— OK pour l'état civil et le reste, ce qui nous intéresse… s'impatienta Darcival.

— On a encore peu d'éléments sinon qu'il était propriétaire de son bateau, qu'il était adjoint au maire et qu'il avait des responsabilités au sein du syndicat des marins pêcheurs. C'est une figure de la commune et des environs. Sa mort fait désordre dans le paysage et le parquet fait pression à ce qu'on m'a dit.

— Et les circonstances de la mort ?

Un goéland arriva en couinant, qui se posa fièrement au sommet de la balise rouge signalant l'extrémité de la cale. Il guettait de son œil torve et charognard une embarcation qui se dirigeait vers eux pour accoster et débarquer le produit de la pêche, à l'affût de tout ce qui pourrait améliorer son ordinaire. Darcival observait attentivement le volatile tandis que Desprès apportait des détails sur l'homicide :

— Une vraie scène de guerre. Une balle en pleine tête alors qu'il sortait du port, il était 3 heures et demie du matin. Tué alors qu'il se trouvait à la barre. D'après les premiers constats, il semblerait que la balle ait été tirée depuis la terre. Pour le reste, il faudra attendre les résultats de la balistique et de la scientifique.

— On va avoir du pain sur la planche, tant mieux. Allez, on y va.

Il ponctua la fin de sa phrase en écrasant son mégot. Devant eux le goéland avait quitté sa vigie, tout affairé à en découdre avec des congénères bruyants, venus tout comme lui participer au festin des entrailles de poissons fraîchement jetées à l'eau par les pêcheurs.

Les trente premières minutes du trajet jusqu'au Conquet se déroulèrent dans le silence. La sous-lieutenant Desprès, concentrée sur sa route et toute à l'étude de son nouveau compagnon, jetait régulièrement des coups d'œil sur sa droite, guettant une réaction de son passager de nature à lancer une conversation. Peine perdue, Darcival regardait le paysage défiler, l'air absent, les mains croisées devant lui. De temps en temps, il promenait la main sur son visage comme pour en apprécier la qualité du rasage. Ils venaient tout juste d'arriver en vue de la ria quand il sortit de son mutisme :

— Vous me laisserez déposer mes affaires à la gendarmerie et vous m'emmènerez sur les lieux du crime. Je voudrais voir le bateau dans un premier temps puis me rendre à l'endroit d'où aurait pu être tiré le coup de feu.

— Bien mon lieutenant !

Le bref échange conclu sur ces mots, Darcival se replongea dans la lecture du paysage qui défilait sous ses yeux. La mer découvrait çà et là quelques bancs de vasières au milieu des herbus. Une aigrette blanche, élégante sur ses fines pattes, pataugeait dans l'eau saumâtre, jetant des coups de bec à droite, puis à gauche. Une attaque en règle de microgouttelettes venues du large vint subitement s'écraser sur le pare-brise, accompagnée d'une rafale de vent qui fit trembler le véhicule. Ils n'étaient plus très loin du port.

IV

L'Albatros, amarré à la cale Saint-Christophe, semblait sur le point de partir pour la pêche avec ses ponts avant et arrière encombrés d'un amoncellement de casiers bleus. Sur la vitre latérale de la timonerie, on voyait nettement l'impact laissé par la balle, petit trou ceint d'une constellation d'éclats blancs. Un homme assis sur le parapet de pierres, côté mer, une bière à la main, quitta laborieusement sa place à l'approche des deux gendarmes et vint se poster près d'eux. De taille moyenne, l'individu portait des cheveux mi-longs blonds qui le rendaient sympathique, un peu le genre hippie, pensa Darcival.

— Yann Le Dorsec ! se présenta-t-il aux deux hommes. Je suis matelot sur l'Albatros, j'ai été entendu ce matin à la gendarmerie.

Il n'en dit pas plus et, mutique, fixa le bateau. Darcival vint se poster sur sa droite et adopta la même attitude. Ils restèrent ainsi une ou deux minutes pendant que Després, restée à distance, dansait d'un pied sur l'autre.

— C'est traumatisant comme épreuve n'est-ce pas ? s'inquiéta Darcival auprès du matelot.

Le jeune homme tourna lentement la tête vers lui, avec au fond des yeux la scène que le lieutenant cherchait à y voir. Tour à tour, il regarda le gendarme puis à nouveau la timonerie de l'Albatros. Finalement, il lâcha dans un souffle :

— Pourquoi, mais pourquoi ?

Le choc traumatique se lisait encore sur son visage.

Agité, il tourna sur lui-même en répétant ses questions puis ajouta :

— Vous vous rendez compte ! Je suis rentré dans la cabine… c'était plein de sang partout ! Jo, il avait plus de tête, de la bouillie… Oh putain merde ! lâcha-t-il, très affecté.

— Vous vous trouviez où quand c'est arrivé ? demanda Darcival en posant sa main sur son épaule.

— Vous voyez la sortie du port là-bas ? dit-il en l'entraînant vers le parapet de la jetée qui donnait sur le large à trois ou quatre cents mètres.

— Oui…

— Le bateau a montré des signes de dérive juste après le passage, du côté du phare de Kermorvan ! finit de dire Yann, le doigt pointé vers l'ouest.

Le port s'étirait le long d'une ria ouverte à la mer après une jetée qui la protégeait des assauts de l'océan. « La passe doit faire tout au plus cinquante mètres ! », se dit Darcival en l'estimant de l'endroit où il se tenait.

— Vous n'avez rien entendu ?

— Vous parlez du coup de feu ? Non, rien du tout. Moi, je passais un coup de jet sur la table de filage. C'est quand l'Albatros a perdu son cap que je me suis inquiété ! Y'a des roches partout ici !

— La table de filage ?

Yann Le Dorsec lui montra la surface plane en aluminium, sur laquelle il lui expliqua qu'ils faisaient glisser les casiers quand ils les remontaient où quand ils les jetaient à l'eau une fois boettés.

Darcival remarqua que le matelot portait autour du cou un casque de baladeur.

— L'aviez-vous sur les oreilles ? lui demanda-t-il en le lui montrant du doigt.

— Oui, les matins sont difficiles parce que les nuits sont courtes, alors un peu de hard-rock ça tient éveillé.

S'ensuivit un moment de silence pendant lequel chacun regardait dans une direction opposée, Després, absorbée par un goéland qui marchait sur le pavement du quai à deux pas d'eux et le matelot, figé, fixant l'Albatros d'un regard vide. Les yeux de Darcival, eux, allaient successivement de la sortie du port aux deux personnes près de lui et il fut le premier à sortir de cette léthargie collective. Il s'adressa à la sous-lieutenant Després :

— La scientifique en a fini avec le bateau ?

— Dans une heure il est prévu de ramener le bateau sur la zone du crime pour la balistique.

— C'est pour ça que je suis là et que j'attends, ajouta le matelot. On m'a demandé d'être présent.

— Ça nous laisse le temps d'aller voir en face là-bas ! dit-il en désignant la presqu'île qui encadrait le port, de l'autre côté.

Ils durent contourner la ria pour y accéder, le premier pont se trouvant à quelques kilomètres. Yann le Dorsec prit place dans la voiture pour les aider à déterminer au plus juste d'où le coup de feu avait été tiré.

Après une quinzaine de minutes, ils atteignirent l'isthme qui annonçait qu'ils n'étaient plus très loin du petit phare de Kermorvan, celui-là même en face duquel le drame avait eu lieu.

Ils se garèrent tout près de l'édifice de granite et parcoururent à pied le petit sentier qui les mena juste en face de l'entrée du port.

— Vous voyez la Maison Blanche, juste en face ? désigna Yann de la main droite. Imaginez une ligne imaginaire qui la rejoint. Ensuite, prenez le bout de la jetée et reliez-la à la balise rouge qu'on voit là, au large. L'albatros se trouvait à la croisée de ces deux lignes.

Darcival n'eut aucun mal à localiser la position du bateau. Le point que le matelot leur indiquait se trouvait tout au plus à une centaine de mètres de l'endroit où ils se tenaient. Le tireur avait en plus le recours possible de rochers pour s'y appuyer et ajuster son tir, pensa-t-il.

— Le coup de feu a été tiré d'ici, c'est presque certain. Després, appelez du renfort pour boucler la zone et faites appel à la scientifique, il faudra ratisser large. Dans l'immédiat, on retourne au port et on accompagne la balistique. Après la vue de la terre, la vue de la mer. Il y a des cartes marines dans l'Albatros ?

— Bien sûr ! s'étonna Yann. Et on a aussi le GPS !

— On en aura besoin pour localiser précisément l'endroit précis de l'impact si j'ose dire.

*

* *

Comme prévu l'Albatros appareilla pour une reconstitution en mer avec à bord, les trois marins présents au moment du meurtre et deux balisticiens. À la barre, Michel, le chef mécanicien du bateau de pêche les emmena sur zone. Après le passage de la jetée, Yann fit signe de stopper et avec quelques manœuvres d'ajustement, ils stabilisèrent l'embarcation à l'aide de deux ancres, une à l'avant et une à l'arrière. À une encablure de là, des curieux s'étaient massés sur la digue.

L'albatros dansait doucement sur ses amarres pendant que les deux hommes de la balistique prenaient des mesures et des photos. Comme Darcival l'avait pressenti, le coup de feu était bien parti de la pointe de Kermorvan, sur laquelle, au même moment, une autre équipe de la scientifique s'affairait à ratisser le terrain. Le tireur avait probablement fait usage d'un silencieux et d'une lunette à infrarouge, personne n'ayant entendu de déflagration. D'un autre côté, pensa Darcival, à 3 heures du matin les gens dorment, et sur la pointe, il n'y a pas âme qui vive, les premières habitations se trouvant à cinq cents mètres environ.

À l'aide de jumelles, de la carte marine et de la carte IGN du secteur, les balisticiens parvinrent à circonscrire avec assez de précision l'endroit d'où le meurtrier avait tiré. Dans la journée, l'étude de la balle permettrait d'en savoir plus sur le type d'arme utilisée.

Yann donna à Darcival des précisions sur leur métier. Le guidant à bord, il lui expliqua comment, quand il était sur zone de pêche, le bateau mettait à l'eau ses filières. Deux hommes se tenaient alors devant la table de filage où l'un boettait les casiers pendant que l'autre les laissait glisser à l'eau, entraînés par l'ancre et la vitesse du bateau.

Chaque filière comprenait 70 casiers reliés à une ligne mère de mille quatre cents mètres environ par des "bras" d'une longueur de deux mètres. Une fois au fond, l'ensemble est stabilisé à chaque extrémité par deux ancres de type "Marrel". Darcival fit un rapide calcul, entre deux casiers on avait un intervalle de vingt mètres. Les deux mains appuyées sur la table de filage, Yann mima la manœuvre qu'il exécutait tous les jours.

— Vous voyez, on se met face au courant à une vitesse de huit nœuds et au signal, je largue l'orin qui entraîne l'ancre. Ensuite, je pose les casiers les uns à la suite des autres sur la table et ils filent à l'eau au rythme d'un toutes les six secondes environ. En fin de filage, je pose l'ancre Marrel sur la table, puis l'orin et les ballons qui serviront à repérer et récupérer la filière.

Le temps d'une seconde, Darcival se représenta les travailleurs de la mer bravant le froid matinal pour prendre à l'océan ses trésors.

« Comment font-ils pour enchaîner ainsi les prises de casiers chargés de crustacés ruisselants d'eau ? » se demanda-t-il. Curieux, il s'adressa à Yann :

— Qu'est-ce qui vous a poussé à faire ce métier ?

Le matelot s'appuya au bastingage et porta son regard loin sur l'horizon avant de répondre. Au-dessus d'eux, des goélands tournoyaient en criant, emplissant l'air de leurs plaintes.

— Un dépit amoureux…

Sur ces mots, il sortit un paquet de cigarettes de sa poche, en proposa une à Darcival et de concert, ils tirèrent sur le tabac grésillant après que le briquet eut circulé entre les deux hommes.

Le matelot reprit :

— …j'ai voulu prendre le large, au sens propre comme au figuré, depuis ma rupture, il y a trois ans. Finalement, je suis tombé amoureux du métier, je vis célibataire et ça me convient très bien. Une nana de temps en temps mais plus d'attaches…

— D'habitude quand on dit qu'on prend le large on s'attend à la marine au long cours qui vous fait partir autour du monde mais là, pour le coup, vous rentrez tous les soirs !

— C'est tout ce que j'avais trouvé et ce dont vous parlez ce sont des clichés ! La marine marchande ce n'est plus comme avant, pavillons de complaisance, équipages étrangers sous-payés, moi, n'ayant pas les diplômes requis c'était Le Conquet ou la Légion étrangère… pour rester dans les clichés. Un soir où je noyais ma misère affective dans un bar, Jo m'a proposé cette place, il cherchait un matelot. Sur le coup, je n'ai su que répondre mais le lendemain matin je me suis présenté au bateau avant son départ pour la pêche, à 2 heures 30 du matin. La démarche lui a plu et il m'a fait monter à bord pour un essai.

— Quels étaient vos rapports avec Jo Le Mestrel ?

Yann le regarda, surpris, et dit :

— Ça y est vous me suspectez ? demanda-t-il, soudain méfiant.

— Pas du tout, n'allez rien vous imaginer ! Je veux juste en savoir plus sur votre patron pour mieux cerner sa personnalité, le rassura Darcival en posant la main sur son épaule, le coup de feu a bien été tiré de la terre, aucun de vous trois ne sera mis en cause. Vous vous êtes trouvés au mauvais endroit, au mauvais moment.

Darcival tourna la tête au bruit des ancres qu'on s'activait à remonter et rassura Yann comme il put. Une scène de meurtre laissait des traces indélébiles. On croyait s'en défaire et un beau matin elles ressurgissaient, tenaces, prégnantes, insoutenables. Darcival en savait quelque chose mais pour autant on apprenait à vivre avec, de toute façon on n'avait pas le choix…

— C'est moi qui passais le prendre chez lui tous les matins, reprit Yann. Jo ne parlait pas beaucoup, le minimum syndical mais c'était un bon patron en qui on avait confiance, bon marin et bon employeur. On s'entendait bien. Bien sûr, il était sanguin et quand il fallait piquer un coup de gueule, il ne s'en privait pas, mais bon, après cinq minutes c'était oublié. Une soupe au lait, quoi ! Moi ça me convenait.

— Quand vous en parlez on vous sent attaché à lui…

— Normal, c'était plus qu'un patron pour moi, un peu comme un père vous voyez ?

L'Albatros mit les gaz et contre toute attente se dirigea vers le large. Darcival leva la tête vers la passerelle où Després l'informa que les balisticiens voulaient compléter leurs données et pour cela, il fallait dépasser un peu la pointe de Kermorvan.

Voulant profiter du temps qu'il leur restait, Darcival demanda aux trois marins de l'Albatros de reconstituer les cinq minutes précédant le drame. Yann refit les mêmes gestes avec son casque sur les oreilles et la lance d'arrosage à la main. Kévin, l'autre matelot sortit de sa bannette en entendant les cris de son compagnon, à la découverte du corps. Michel, déjà à la barre, laissa Desprès barrer le bateau pendant qu'il remontait lui aussi de sa couchette et qu'il repassait l'appel téléphonique aux gendarmes.

— Vous n'avez rien aperçu d'anormal du côté de la presqu'île en face ? Des phares de voitures par exemple ? leur demanda Darcival, mais aucun d'entre eux ne fut en mesure de l'aider.

Quand Michel eut repris les commandes du caseyeur, ils regagnèrent le quai Saint-Christophe, laissant sur leur gauche le petit phare de la pointe de Kermorvan, solidement accroché aux rochers, dressant fièrement sa petite structure granitique face à l'océan atlantique.

V

L'Albatros tossa contre le quai, amorti par les bouées d'accostage qui s'écrasèrent sous la pression du bateau, laissant entendre des crissements plaintifs. Petite, emmitouflée dans un imperméable clair ceinturé, une femme d'une quarantaine d'années se tenait face à eux, un peu en retrait. Les mains enfoncées dans les poches, elle semblait absente, toute absorbée à fixer le pavement du quai devant elle. Darcival remarqua immédiatement qu'elle était typée. La peau mate, les cheveux bien noirs ondulant sur les épaules, elle se tenait très droite, peut-être pour compenser sa petite taille.

Quand Darcival fut suffisamment près, il put voir son visage ravagé par les larmes. À coup sûr, il s'agit de l'épouse de Jo Le Mestrel, pensa-t-il.

— C'est sa femme ! lui souffla discrètement Yann à l'oreille, mais il vit qu'il avait déjà compris.

Kévin amarra l'Albatros à l'aide des deux haussières et aussitôt Darcival mit pied à terre. La veuve de Jo se présenta spontanément à lui. Au milieu des yeux rougis par la douleur, deux iris noirs le fixaient. Elle lui tendit la main que Darcival prit garde de ne pas écraser. Toute en douceur et en fragilité, elle contrastait avec une vraie force de caractère perceptible derrière la souffrance de l'instant.

— Je vous présente mes sincères condoléances. Pardon, je ne me suis pas présenté, lieutenant Tugdual Darcival, je suis en charge de l'enquête.

— Merci Lieutenant.

L'entraînant légèrement à l'écart vers le parapet, Darcival lui proposa d'avoir un entretien, si toutefois elle s'en sentait capable. La détresse qu'elle renvoyait ne lui laissait pas augurer d'une issue très favorable à sa requête mais il voulait tenter sa chance.

Alternativement, elle regarda le gendarme puis l'Albatros dont on avait coupé le moteur. Autour d'eux, rien ne bougeait. Les hommes restés à bord, assistaient à la scène, mutiques et immobiles.

Rabattant une mèche rebelle avec laquelle le vent s'amusait, elle prit une inspiration et dit d'une voix faible mais assurée :

— C'est d'accord mais chez moi !

— Vous êtes en voiture ?

— Non, je suis venue à pied. Cela me fait du bien de marcher… À chaque pas qui me menait ici, je me disais que je vivais un mauvais rêve et que j'allais me réveiller mais maintenant que je vous vois, j'ai la certitude que je vis bien un cauchemar !

Après s'être entretenu rapidement avec Desprès, lui donnant rendez-vous plus tard à la gendarmerie, il invita Valérie Le Mestrel à prendre place à côté de lui. Les mains posées sagement sur les jambes, elle gardait le regard fixé devant elle, silencieuse. Par moments, elle laissait entendre des hoquets de douleur. Darcival conduisait doucement, jetant de temps à autre un regard sur elle. Quand il parvint au centre du village, il lui demanda la route à suivre.

La maison des Le Mestrel, un peu à l'écart du bourg, jouissait d'une large vue sur la mer. Bâtie sur deux étages, elle paraissait ancienne avec ses murs de pierres apparentes en granite. Darcival se gara dans la cour près de casiers et de filets entassés dans un coin. Par la porte du garage laissée entrouverte, il aperçut une moto de couleur rouge vif, une grosse cylindrée qu'il n'imaginait pas chevauchée par le patron pêcheur. Probablement appartient-elle à un des matelots, ou alors à un fils, pensa-t-il.

— Vous avez des enfants ? demanda-t-il pour confirmer ses suppositions.

— Une fille et un garçon.

— C'est certainement très dur pour eux ! dit Darcival à voix basse tout en guettant sa réaction, mais elle ne répondit pas. Marchant devant lui, elle le précéda dans le hall d'entrée.

La maison silencieuse portait le deuil. Nul bruit, nulle odeur de cuisine. Les volets clos du rez-de-chaussée donnaient une atmosphère de sanctuaire à ce qui fut seulement vingt-quatre heures avant, la scène du théâtre de leur vie.

Il la suivit à l'étage où elle l'invita à s'asseoir dans la cuisine.

— Je vous sers un café ? proposa-t-elle en prenant place en face de lui.

Darcival déclina l'offre, jugeant qu'elle n'était faite que dans un souci de bienséance et ne voulant pas l'embêter. Les mains posées croisées sur la table, elle gardait le dos un peu voûté, comme résignée, attendant qu'il voulût bien engager la conversation.

— Cela va vous sembler ridicule mais je vais commencer par vous demander si vous lui connaissiez des ennemis ?

— Mais non, pas du tout ! soupira-t-elle en se redressant sur sa chaise. Je ne comprends pas ce qui est arrivé, c'est inconcevable, inacceptable. Au fond de moi, je ressens comme un raz de marée, comme si ma vie s'arrêtait…

Elle porta les yeux au plafond et réprima un sanglot. Ses mains s'accrochaient nerveusement à son mouchoir, le triturant convulsivement.

— On m'a dit qu'il occupait des postes à responsabilité…

— Il était premier adjoint au maire de la commune et président du syndicat professionnel des marins pêcheurs du département. En dehors de la mer et de son métier, il éprouvait le besoin de se rendre utile alors il s'investissait beaucoup.

— À la mairie, il travaillait sur des dossiers sensibles ?

— Qu'est-ce que vous entendez par sensibles ?

— Des dossiers susceptibles de déclencher des pressions, compte tenu des enjeux en présence…

Darcival baissa le ton en terminant sa phrase, laissant le silence en suspens dans la pièce. Valérie fronça les sourcils et prit un autre mouchoir dans son sac à main au pied de la chaise. Finalement, après s'être à nouveau mouchée, elle dit :

— Il y a bien le projet du lotissement… mais est-ce qu'on pourrait tuer pour ça ? Ça dépasserait l'entendement, et puis il aurait laissé filtrer des indices à la maison.

— Le projet du lotissement ?

— Ah oui, pardon ! Il serait plus au moins question d'en installer un vers la grande plage des Blancs-Sablons, celle qui se trouve de l'autre côté de la ria. Un promoteur essaie de convaincre la municipalité et la population du bien-fondé d'y installer un complexe touristique. Pour ma part, je m'y oppose complètement, c'était d'ailleurs un sujet animé entre nous deux !

— Parce qu'il était pour ?

— Pas de façon tranchée mais il aimait confronter les intérêts des uns et des autres et comme il était plutôt du genre taiseux, je ne parvenais pas toujours à saisir le fond de sa pensée. En fait, quand j'y réfléchis aujourd'hui, je n'en sais pas beaucoup plus que ce qu'en disent les journaux et la rumeur publique.

Un rugissement de moto leur fit tourner la tête et

Darcival se leva pour écarter les rideaux. La moto qu'il avait aperçue en arrivant quittait la cour. Valérie crut bon de préciser qu'il s'agissait de son fils et Darcival remarqua qu'en le lui disant ses traits s'étaient assombris davantage, lui donnant un air soucieux.

— Quelque chose ne va pas ? lui demanda-t-il, inquiet de la voir ainsi.

— Non, non, tout va bien, je vous remercie. Si vous voulez bien, j'aimerais être seule. Vous n'avez plus besoin de moi ? De toute façon vous savez où me trouver…

Elle le raccompagna vers la sortie où elle marqua un temps d'arrêt avant de lui demander :

— Que lui est-il arrivé ? Vous devez bien avoir une idée avec votre expérience ! Parce que moi honnêtement, je n'y comprends rien. On s'aimait d'un amour passionnel, vous voyez ? C'était comme cela depuis notre rencontre et rien n'avait changé depuis. Je l'avais dans la peau et pareil pour lui. C'est éprouvant pour moi aujourd'hui mais je crois que le plus dur est à venir. Je suis encore sous le choc et je me demande si je réalise bien ce qui arrive.

Darcival l'écoutait en silence se contentant de la regarder avec empathie. Encouragée, elle continua :

— Il me semble que le pire est à venir car d'après ce que j'ai entendu, il est méconnaissable. La balle lui aurait foudroyé la tête. Comment je vais faire pour lui dire au revoir ? Le dernier souvenir que j'emporterai de lui sera celle de notre étreinte avant qu'il ne parte pour sa journée de pêche. On s'était pris dans les bras et…

Elle n'en dit pas davantage et s'effondra littéralement par terre, se laissant choir, la tête entre les mains. Délicatement, Darcival lui posa la main dans les cheveux en signe de soutien et s'en alla non sans avoir ajouté :

— Je suis moi-même en train de vivre un deuil, la route est longue et douloureuse… courage ! Je vais tout faire pour retrouver l'assassin de votre mari et pour cela, nous sommes appelés à nous revoir.

Quand il fut dehors, le ciel était clair et les îles se distinguaient sur la ligne d'horizon. Éclatantes sous le soleil rasant, les maisons de l'île Molène brillaient tels des diamants posés sur la mer. Darcival marqua un temps plus long que nécessaire au stop, absorbé par ses pensées. Un coup de klaxon le fit sursauter et il tourna à droite en direction du centre-ville du Conquet.

Pendant le trajet, il repensa à ce que venait de lui dire Valérie Le Mestrel concernant son mari. À l'IML, ils étaient capables de prouesses mais s'agissant du cadavre de son mari, il voyait mal comment ils pourraient lui rendre les traits de son visage. La balle avait fait beaucoup de dégâts. Certes la veuve aurait le corps de son défunt conjoint, pour autant il lui serait malaisé de lui dire au revoir comme elle l'aurait voulu.

Lui revint en mémoire le funérarium impersonnel où il avait embrassé son père pour la dernière fois avant la mise en bière. L'attitude du mort, figée pour l'éternité s'était gravée à jamais dans son esprit, implacable. Il se souvint alors qu'il lui en avait voulu de partir ainsi si vite, le laissant seul désormais en première ligne sur la planche de salut.

L'île d'Ouessant dont on devinait le phare du Stiff perché sur sa falaise, légèrement voilé par une brume de mer, lui fit penser à ces marins disparus en mer dont on ne retrouve jamais le corps. Au cours d'une émission télévisée, un soir d'insomnie, il avait appris que les femmes ouessantines qui perdaient ainsi leur compagnon symbolisaient l'absent péri en mer par une petite croix de cire : la proëlla.

Pour compléter ce tableau ni gai, ni réjouissant, un chat noir faillit passer sous les roues de la voiture. Il donna un brusque coup de volant. Quand il fut remis de sa frayeur, il réalisa subitement qu'il ne savait pas encore où il dormirait le soir. Il en parlerait à Desprès tout à l'heure. Tant qu'à être ici, pensa-t-il, il faudrait que je me trouve quelque chose tout près de la mer.

Dans la cour de la gendarmerie, le zodiac arrimé sur sa remorque le gêna dans sa manœuvre, il pesta à voix haute et dut s'y prendre à deux fois pour se garer.

VI

Devant la maison que lui avait indiquée Després, une vieille femme assise sur un banc de granite regardait dans sa direction. Darcival se sentit dévisagé de la tête aux pieds comme s'il passait un examen de passage. Vêtue d'une blouse à fleurs, un fichu sur les cheveux, elle se tenait appuyée sur une canne dont elle caressait le pommeau de ses doigts déformés. Quand il fut arrivé à ses côtés, elle se leva péniblement et lui dit laconiquement :

— C'est vous le gendarme ? Je vous attendais.

Sans un mot de plus, elle le précéda pour entrer dans la maison. Celle-ci dominait la ria, jouissant d'une vue imprenable et privilégiée sur le petit port de pêche du Conquet, bien à l'abri des vents de noroît parce que protégée par la bande de terre surélevée qui la séparait de la grande plage des Blancs-Sablons, juste de l'autre côté.

La propriétaire des lieux, avec qui il allait cohabiter le temps de l'enquête, l'invita à la suivre à l'étage. Pour cela ils empruntèrent un escalier central en bois qui faisait face à l'entrée. Le chant des marches les accompagna dans leur ascension, léger pour madame Guiclan, plus accentué pour Darcival.

— C'est joli chez vous ! crut-il bon de dire mais il n'obtint aucune réponse. Peut-être n'avait-elle pas entendu, il réitéra sa remarque en haussant le ton cette fois.

— Je ne suis pas sourde ! répondit-elle agacée.

Sur ces mots, elle se retourna d'un bloc en lui déposant dans la main la clef de la chambre qu'elle venait d'ouvrir. Et elle rajouta en redescendant :

— Le repas est servi à 7 heures.

Darcival, interloqué, laissa tomber son sac à ses pieds et introduisit la clef dans la serrure. D'un grand geste il ouvrit la porte tout en poussant du pied son bagage. La mansarde toute lambrissée sentait bon la cire. Occupant presque tout l'espace, le lit une place faisait face à la petite fenêtre par laquelle on apercevait la mer et les bateaux dansant sur leur mouillage.

Sa montre affichait 18 heures 30. Il s'allongea tout habillé, écrasant de tout son poids l'édredon de plumes. Subitement, sans savoir pourquoi, comme cela lui arrivait de temps en temps depuis un moment, il se revit enfant. Fier comme Artaban, il tenait dans les mains un château fort en carton plus vrai que nature avec son donjon, ses créneaux, ses mâchicoulis et son pont-levis. Le dominant de toute sa hauteur, le généreux donateur lui souhaitait un joyeux Noël. Impressionné par l'importance du présent tout autant que par cet homme qui se tenait devant lui, capable de prodiguer tant de joie au petit garçon qu'il était, il avait déposé un baiser pudique sur la joue du faiseur de rêves en disant : merci papa.

Les sept coups de 19 heures, martelés par une horloge du rez-de-chaussée le tirèrent de ses rêveries. Il s'étira, se frotta les yeux et péniblement se remit debout. En bas, il entendit des bruits de vaisselle et de gamelles, une chaise qu'on déplace. Une fois dans la cage d'escalier, l'odeur de la soupe lui parvint. Tout naturellement il se laissa guider par l'ambiance du repas à venir et fit la connaissance de la cuisine. Comme dans le hall d'entrée, les murs étaient lambrissés et sur le blanc des panneaux de bois un peintre talentueux avait dessiné des arabesques bleues, discrètes et effilées qui couraient telles des lianes marines le long de la pièce.

Sans mot dire, l'hôtesse lui désigna sa place, juste en face d'elle. Darcival se tut, tout comme elle, se contentant de s'installer et de déplier sa serviette brodée sur les genoux. Après s'être signée, elle traça une croix sur le pain puis servit la soupe dans leurs assiettes de faïence. La soupière fumante laissait planer un appétissant parfum d'épices et de poissons.

Le repas débuta en silence, seulement ponctué des bruits de cuiller et d'aspiration du chaud breuvage. Tout en mangeant, ils s'observaient à la dérobée, absorbés l'un et l'autre par le seul acte de manger. Contre toute attente, madame Guiclan parla la première :

— Vous enquêtez sur la mort de Jo Le Mestrel n'est-ce pas ?

— C'est exact, se contenta de répondre Darcival.

— C'était un gars bien, honnête et travailleur ! Son père aussi était marin pêcheur mais il est mort en mer quand Jo était encore jeune. Du coup, c'est sa mère qui l'a élevée seule, elle n'a pas eu d'autres enfants par la suite. La famille Le Mestrel qui venait de Paimpol, s'est installée au Conquet en 1860 environ. À cette époque ce ne sont pas moins de quinze familles de là-bas qui se sont installées ici. Celle de mon mari en faisait partie, moi je suis brestoise d'origine.

Pendant qu'elle se levait pour débarrasser et amener la suite, Darcival aperçut sur le buffet une photo sur laquelle on reconnaissait son hôtesse en compagnie de ce qui devait ou dut être son défunt mari. On les voyait sur un bateau de pêche. Lui, tenait à bout de bras un énorme homard alors qu'elle, vêtue d'une robe légère à fleurs, s'appuyait sur le bastingage tout en lui souriant. Un autre cliché montrait un bateau de pêche fraîchement repeint en bleu et vert émeraude dont il put lire le nom : « *La Paimpolaise*. »

Il se risqua à dire :

— Votre soupe était très bonne !

Sans lui répondre directement, elle le servit en pommes de terre à l'eau et retourna à ses fourneaux. Puis, en revenant s'installer à table, elle dit sans le regarder :

— C'est une recette de mon défunt mari ! dit-elle en commençant à manger. Darcival observa que ses traits s'étaient un peu détendus, il crut le moment opportun pour continuer :

— Quel âge avait Jo Le Mestrel quand il a perdu son père ?

— Cinq ou six ans !

L'âge que lui-même avait quand il avait reçu son château fort en carton pour Noël, pensa-t-il. Comment se remet-on d'une épreuve pareille ? À sa grande surprise, sans qu'il ait ajouté quoi que ce soit, elle poursuivit, le regard dans le vide, la fourchette comme suspendue :

— Ce fut dur pour le petit ! Sa mère l'a élevé seule et elle ne s'est jamais remise avec quelqu'un. Je n'ose pas penser à l'état dans lequel elle doit être en ce moment. Comme son mari, son fils est mort en mer, pas dans les mêmes circonstances mais quand même, le destin s'acharne ! Le père de Jo a disparu en mer un jour où il était allé pêcher seul comme cela lui arrivait de temps en temps. On a retrouvé le bateau mais jamais son occupant.

Darcival repensa aux proëllas de l'île d'Ouessant. Son hôtesse reprit après s'être servi un verre de vin :

— Pourtant, comme son père, il a choisi le même métier. Quand je vous dis qu'on ne peut rien contre le destin. Je pense que son oncle, le frère de son père, l'a influencé. Marin pêcheur aussi, il s'est bien occupé de son neveu. Célibataire, il en avait fait un peu son fils d'adoption et dès que le gamin le pouvait, il le rejoignait sur son bateau. Par la suite, il a appris le métier avec lui et a embarqué à son tour. Sa mère a tout fait pour l'en dissuader mais ce fut peine perdue, il avait la mer dans la peau.

Sur ces mots, elle se leva de table, l'abandonnant non sans lui avoir dit :

— Je débarrasserai tout à l'heure, je vais regarder mon feuilleton à la télévision. Bonne nuit !

Seul devant le plateau de fromages, il se retourna et lui demanda de sa place :

— Vous ne m'avez pas dit où se trouvait la salle de bains !

Du salon, où on entendait déjà le poste en marche, elle lui expliqua comment y aller en lui précisant qu'ils la partageraient, dans la mesure où il n'y en avait qu'une.

VII

Després posa une cafetière et deux tasses, en proposant une à son supérieur. Pendant ce temps Darcival arpentait la pièce pour se familiariser avec les lieux, curieux de ce qui s'y trouvait. Sur le bureau de Després, trois bocaux voisinaient avec les pots à crayons et autres accessoires de travail. Trois petites bonbonnières qui contenaient pour l'une, des gousses de vanille de l'île de La Réunion, pour la deuxième, du sable d'une plage de la même île et la dernière qui restait vide. Devant l'attitude surprise de Darcival, Després expliqua :

— Le bocal vide c'est l'air du pays, l'air de mon pays. À n'ouvrir qu'en cas d'extrême urgence ou de cafard majeur.

Amusé, Darcival le fit tourner entre ses mains avant de se saisir d'une tasse de café.

— Mmm ! Votre café est très bon ! la complimenta-t-il après sa première gorgée.

Puis, ouvrant un tiroir, il y trouva une boîte d'aimants colorés qu'il alla déposer près du tableau blanc qui occupait le centre de la pièce. Prévu pour être couvert des éléments de l'enquête, il attendait d'être utilisé depuis la dernière affaire locale. Darcival fouilla dans le dossier de Jo Le Mestrel et en sortit un cliché sur lequel on voyait le marin pêcheur en gros plan. Quand la photo se retrouva fixée au milieu de la surface blanche, les deux gendarmes la regardèrent en silence.

— Marrant ce cliché, on a l'impression qu'il nous regarde vraiment, comme s'il était vivant !

— La question est de savoir, si même vivant, il aurait la capacité de nous dire qui lui en voulait, renchérit Darcival. Tiré à distance comme il l'a été, il n'a sans doute pas vu grand-chose…

Darcival essaya de se représenter la scène. La violence et la soudaineté de l'instant. « A-t-il senti quelque chose ? Comment passe-t-on de l'autre côté ? Combien de temps dure le passage de la lumière à l'ombre ? » se demanda-t-il. Depuis le décès de son père, la mort l'obsédait, pas un jour sans qu'il y pensât. Desprès, le voyant absent, le ramena sur terre :

— Alors ? Cette première nuit au Conquet ?

— Vous le faites exprès ?

Agacé, Darcival toisa sa subordonnée, y cherchant l'ironie ou la moquerie mais Després reprit :

— Ça surprend toujours le premier jour mais vous allez voir vous serez étonné, dans le bon sens, j'entends ! Vous vouliez une chambre près de la mer, admettez que vous êtes servi, la ria d'un côté et la grande plage des Blancs-Sablons juste derrière à cinquante mètres ! Et puis j'ai aussi pensé que cela pourrait servir l'enquête…

— Ah bon de quelle façon ? s'étonna Darcival.

— Madame Guiclan est la veuve d'un marin pêcheur du Conquet, elle connaît tout le monde ici.

Petit à petit, ils notèrent autour de sa photo ce que fut l'univers de Jo Le Mestrel : sa famille, son métier, la mairie. Darcival repensa à ce que lui avait dit Valérie, la femme de Jo, le complexe touristique qu'un promoteur souhaitait édifier dans la commune. Il allait commencer par ça. Se saisissant du combiné téléphonique il composa le numéro de la mairie où il n'eut aucune difficulté à obtenir du maire un rendez-vous dans l'heure qui suivait. Il pensa que ce dernier devait avoir hâte que l'affaire trouve une issue, le meurtre pouvant compromettre la saison touristique.

Paul Morestel, le premier magistrat de la ville les accueillit dans son bureau. L'homme, plutôt petit, fit penser à Darcival aux notables de province tels qu'on se les représente. Jovial, il leur serra la main avec vigueur et les fit asseoir.

— C'est donc vous qui avez la responsabilité de l'enquête. Je ne vous connaissais pas.

— C'est normal, je suis arrivé hier.

— L'enquête avance ? s'inquiéta le maire en se renfonçant dans son fauteuil en cuir et en croisant les mains sur son ventre.

— On n'en est qu'au début ! s'agaça Darcival qui n'aimait pas qu'on le presse ainsi. Il lui appartenait de gérer son temps et, de toute façon, il ne partageait pas le résultat de ses découvertes tant que l'affaire n'était pas bouclée. Est-ce que vous pouvez me parler de Jo Le Mestrel ? L'homme, ses fonctions à la mairie, ses fréquentations ?

— Jo était mon premier adjoint. C'était un homme dévoué, courageux. Nous formions une bonne équipe.

Darcival crut remarquer chez son interlocuteur ce qu'il prit pour une compassion feinte. En fait, depuis leur arrivée, il peinait à lui trouver de la sincérité. Il relança l'échange :

— Travaillez-vous ou travaillait-il sur un sujet sensible ?

— Qu'entendez-vous par là ? répondit le maire, fronçant les sourcils.

— Je ne sais pas moi, un dossier impliquant la commune qui ferait l'objet de pressions tant de l'extérieur que de l'intérieur !

— Je ne vois pas non. C'est une commune tranquille ici ! martela-t-il sèchement.

Darcival se demanda s'il devait lui parler du projet immobilier des Blancs-Sablons. S'il le faisait, le maire serait sur ses gardes. Par ailleurs, il ne s'agissait peut-être que de rumeurs infondées, une *fake news* de plus. Il préféra se taire et conserver un joker pour plus tard.

Quand ils furent à l'extérieur, ils aperçurent un homme qui manifestement les attendait, appuyé contre un mur, près de l'office de tourisme. Il regardait fixement dans leur direction. Darcival alla à sa rencontre.

— On se connaît ? lui demanda-t-il, engageant.

— Je peux vous parler ? répondit l'inconnu en l'entraînant un peu à l'écart.

Tous les trois prirent le chemin du parc tout proche et allèrent se mettre à l'abri des regards indiscrets derrière un bosquet bien fourni. L'homme s'exprima à voix basse :

— Je m'appelle Pierre Ascoret, j'habite du côté des Blancs-Sablons !

Il joignit le geste à la parole en leur en indiquant la direction puis continua :

— Hier, des gendarmes sont passés faire une enquête de voisinage et m'ont posé des questions. Sur le moment, je n'ai pas voulu dire ce que je savais mais après en avoir discuté avec ma femme j'ai changé d'avis. Je ne veux faire de tort à personne et j'aime bien que chacun s'occupe de ses affaires mais là c'est un peu différent, il s'agit de la mort de Jo. Je l'aimais bien, on était sur les bancs de l'école ensemble.

Sur ces mots, Pierre Ascoret se tut. Tour à tour, il regarda par terre puis à nouveau dans leur direction tout en passant sa main droite sur un menton recouvert d'une barbe de trois jours. Il reprit, non sans avoir bien observé les deux gendarmes :

— Voilà ! La nuit du meurtre, je fumais une cigarette sur ma terrasse et j'ai entendu passer une moto au milieu de la nuit. Il devait être 3 ou 4 heures du matin, je ne sais plus très bien. En tout cas, il s'agissait d'une Ducati.

— Comment pouvez-vous en être aussi sûr ? Vous l'avez vue ?

— Non, je me trouvais sur ma terrasse, de l'autre côté de la route, mais je reconnaîtrais son bruit de moteur entre mille. Avant d'être en maladie, j'étais mécanicien moto à Brest et j'ai eu moi-même deux Ducati. Il a poussé les gaz et je peux vous dire qu'il n'amusait pas la galerie !

Sur ces mots, Pierre Ascoret hésita à poursuivre et donna l'impression de vouloir partir comme s'il en avait trop dit.

— Si vous savez autre chose il faut nous le dire ! Tous les détails ont leur importance ! le relança Darcival.

— C'est que… je connais bien quelqu'un qui en a une au Conquet…

Darcival repensa à sa visite chez Valérie Le Mestrel, à la moto qu'il y avait aperçue.

— Il ne s'agirait pas du fils de Jo Le Mestrel ? suggéra Darcival.

VIII

Valérie ouvrit la porte alors que Darcival et Després s'apprêtaient à faire demi-tour. Le téléphone à la main, elle les invita à entrer cependant qu'elle mettait fin à sa conversation téléphonique. Visiblement surprise de les revoir si tôt, elle sonda les deux gendarmes d'un regard interrogateur dans lequel se lisaient à la fois l'aspiration à entendre de bonnes nouvelles et la crainte d'en apprendre de mauvaises. Secouée comme elle l'avait été par la mort brutale de son conjoint, les nerfs à fleur de peau, ses émotions la débordaient et elle peinait à refaire surface.

Un court silence s'installa. Darcival fit comprendre d'un regard en direction de la pièce sur leur gauche qu'il serait peut-être préférable de s'asseoir. Aussitôt, comme alarmée, elle les devança et les fit s'installer. Elle ne les laissa pas parler de suite, les pressant de questions.

— Alors vous avez arrêté l'assassin ? Vous avez du nouveau ?

— Malheureusement il ne s'agit pas de ça, dit Darcival en la regardant droit dans les yeux.

À son tour elle s'assit en face d'eux et attendit, impatiente, s'accrochant au combiné téléphonique qu'elle tenait toujours dans ses mains comme pour y faire passer son anxiété.

Darcival se racla la gorge et, parlant sur le ton qu'il voulut le plus doux possible, lui annonça le but de leur visite.

— Nous venons d'apprendre ce matin un nouvel élément dans le cadre de l'enquête et pour cela nous souhaiterions rencontrer votre fils.

— Mais pourquoi, quelle drôle d'idée ! En quoi pourrait-il vous aider ?

— Je ne peux rien vous dire de plus pour l'instant. Il est à votre domicile ce matin ?

Valérie, sans répondre, se leva de sa chaise et disparut dans le couloir. D'en bas, elle cria son prénom : « Ludovic ! » en direction de l'étage mais n'obtint pas de réponse. Au même moment, le vrombissement d'une moto de grosse cylindrée se fit entendre dans la cour. Dans un même élan les deux gendarmes se précipitèrent vers la fenêtre donnant sur la rue mais ils n'eurent que le temps de voir un bolide rouge disparaître dans la courbe du virage, cent mètres plus loin.

— Je ne comprends pas, il vient de partir à moto !

Elle avait parlé vite et s'agitait sur place.

— C'est grave ? demanda-t-elle soudain avant de crier d'où elle était le nom de sa fille. Pour seule réponse on entendit le clocher sonner non loin de là, seul accroc au silence qui régnait à présent dans la pièce.

Darcival lui désigna une chaise où elle consentit à s'installer, abattue, les épaules alourdies des soucis qui la submergeaient. Résignée comme elle apparaissait désormais, il estima qu'elle était en mesure d'entendre ce qu'ils avaient à lui dire.

— Nous avons recueilli le témoignage d'un riverain de la presqu'île de Kermorvan qui nous apprend qu'en milieu de nuit une Ducati, comme celle de votre fils, a été entendue la nuit du meurtre du côté du phare. Nous voulions l'interroger pour qu'il nous serve de témoin dans cette affaire. Il ne vous a rien dit de son côté ?

Valérie prit le temps de mesurer la portée de ce que venait de dire Darcival puis répondit :

— Vous voulez dire qu'il était présent sur les lieux du meurtre ? Comment pouvez-vous en être sûrs ? Dites-moi que vous n'imaginez pas une seule seconde mon fils capable d'un parricide ! cria-t-elle.

Darcival laissa passer l'accès de colère. Il s'était levé et s'était approché d'elle. Lentement, il fit le geste de vouloir prendre sa main. Elle eut un petit mouvement de recul puis, après l'avoir regardé dans les yeux, elle le laissa faire. Adoptant un ton qui se voulait apaisant, il reprit :

— Il s'agit bien entendu d'un hasard mais nous devons l'auditionner pour en avoir la preuve. Que sauriez-vous, le concernant, que nous devrions savoir ou que nous découvririons plus tard ? Faites-nous gagner du temps ! En coopérant, vous servez la cause de votre enfant et vous nous aiderez à trouver plus rapidement l'assassin de votre mari.

Valérie se leva et se dirigea vers la fenêtre. Là, elle fixa un point indéterminé et, les yeux dans le vague, commença à parler.

— Ludovic n'a pas été un enfant facile à élever. Petit, déjà, il avait des problèmes de discipline à l'école et a toujours été d'un naturel bagarreur…

Darcival observa du coin de l'œil Després qui prenait des notes sur un petit calepin à l'aide d'un crayon à papier minuscule. Il s'amusa intérieurement de l'application dont elle faisait preuve, la langue un peu sortie sur le côté. Constatant que Valérie s'était interrompue, figée, comme absente de la pièce, il reformula :

— …d'un naturel bagarreur ?

— À l'adolescence, c'est devenu plus compliqué, surtout avec son père et je crois que depuis ses 13 ans, ils étaient en conflit. J'ai toujours fait le tampon entre eux parce qu'ils n'arrivaient pas à communiquer. Jo, taiseux de nature et pas patient, n'a jamais su trouver les mots. Peut-être que, lui-même n'ayant pas beaucoup connu son père, il n'avait pas la recette.

À nouveau, elle s'interrompit, se dirigea vers un petit bar dans un angle de la pièce et en sortit trois verres qu'elle disposa sur la table basse. Sans qu'ils aient à la relancer dans son exposé, elle reprit d'elle-même après avoir laissé à la disposition des deux gendarmes du jus de fruits et de la bière. Puis, un verre de whisky à la main, elle reprit sa place près de la fenêtre, appuyée contre le chambranle.

— Je pense que Jo s'est montré trop strict à son égard mais c'était sa nature. Il était dur avec les autres comme il l'était avec lui-même, pour le reste, un cœur d'or, mais bon, c'est comme ça ! Les choses se sont aggravées au lycée. Ludovic n'aimait pas l'école, il s'y est toujours ennuyé, alors, après avoir raté son bac, il a tout abandonné. Son père lui en a voulu parce qu'il fondait des espoirs sur lui. Il aurait voulu qu'il réussisse ses études et qu'il n'ait pas à travailler dur comme lui. Mais Ludovic est débrouillard et il a toujours su trouver du travail.

— C'est comme ça qu'il a pu payer sa moto ? demanda Després, toujours très attentive et prenant scrupuleusement des notes.

Quittant son observatoire, elle revint s'asseoir auprès d'eux et dit après avoir bu une gorgée de whisky :

— C'est là que ça se corse. Jo ne croyait pas qu'il ait pu la payer seul malgré les petits boulots qu'il enchaînait. Il a voulu savoir comment et il l'a cuisiné toute une soirée, c'était l'enfer. Ils criaient, aucun des deux ne voulant lâcher le morceau. Toujours est-il que Jo n'en a pas su davantage mais têtu comme à son habitude, il a voulu en avoir le cœur net et il a mené son enquête.

Les deux gendarmes se regardèrent, interloqués et curieux d'apprendre la suite.

— Un soir, il est rentré dans une colère noire. Je ne l'avais jamais vu comme ça. Les enfants n'étaient pas là, heureusement. Je l'ai invité à se calmer et il m'a expliqué la raison de son état.

IX

La route touristique qui mène à la pointe Saint-Mathieu, idéalement posée au-dessus de la mer sur les surplombs rocheux qui la bordent, baignait sous le soleil de juin. En contrebas, la mer finissait de monter avec un léger ressac.

Du haut du phare de Saint-Mathieu, un homme admirait le panorama, appréciant les contours de la côte morcelée jusqu'à la commune du Conquet dont on apercevait les premières maisons au loin. Son attention fut attirée par un point rouge qui se déplaçait à vive allure sur le ruban asphalté de la départementale. Aussitôt, il sortit ses jumelles de leur étui en cuir et fit la mise au point jusqu'à distinguer nettement son objectif.

Au même moment, la Ducati rouge négociait les virages à grande vitesse, flirtant avec le danger. Seule à cette heure, elle prenait des risques insensés, accélérant, rétrogradant, coupant les courbes. Sous le casque intégral du pilote, le cerveau de ce dernier carburait à plein régime. Quand il avait vu le véhicule des gendarmes arriver devant chez lui, il avait de suite appelé “Tonio”. Ce dernier lui avait alors intimé de le rejoindre à leur planque. Le temps de rassembler quelques affaires et il avait profité de l'entrée des flics dans la maison pour sortir discrètement par-derrière et partir sur les chapeaux de roue. Sûr que maintenant ils allaient se lancer à sa recherche mais il serait à l'abri là où il allait et il aurait le temps de préparer sa fuite. Il disposait du nécessaire pour se rendre à l'étranger, faux papiers, argent liquide, billet d'avion Open… Pour quel motif les gendarmes venaient-ils le voir ? Pour son trafic de drogue ou alors pour le meurtre de Jo ? Il ne comprenait pas ce qui s'était passé. Il ne se souvenait de rien. Il avait repris conscience vers 4 heures du matin, étendu au sol avec un mal de tête terrible. Sur le coup, il n'avait pas cherché à en savoir davantage mais quand il réalisa par la suite qu'il se trouvait à l'endroit même d'où avait probablement été tiré le coup de feu qui avait tué son père…

La Ducati courait le bol d'or dans les optiques des jumelles. L'homme crut reconnaître une 1098 S, un bolide. Amateur de moto, il admira la conduite du pilote et s'imagina à sa place. Il porta son regard en direction du phare pour juger de ce qu'il lui restait comme parcours jusqu'à lui. Il vit alors une BMW grise de grosse cylindrée qui se dirigeait en sens inverse, elle aussi roulant vite. Il reprit le contact visuel avec la Ducati qui continuait à couper les courbes, ivre de liberté, se jouant de la gravité. Soudain, il la perdit de vue alors qu'elle plongeait dans un virage qui bordait une petite crique rocheuse. Au sortir de celui-ci, la moto rouge ressurgit, le motard accroché à son engin, courbé en avant. En face, la voiture allemande arrivant à toute vitesse se déporta subitement sur l'autre voie alors que débouchait la Ducati.

Tout à ses pensées, absorbé par la route qui se déroulait sous les assauts de sa machine, il ne vit la BMW qu'au dernier moment. Plus le temps de freiner. Une seule solution pour éviter la collision, braquer à droite. Lancée à pleine allure, la moto monta sur le bas-côté et s'envola dans les airs.

Durant la fraction de seconde qui le sépara de l'impact, tout se mélangea dans ses pensées. Il vit la mer azur, le soleil, le rouge de sa moto. Sans savoir pourquoi, l'image de son père s'imposa à lui, accompagnée d'un sentiment de regret. Regret de ne pas avoir pu lui dire au revoir comme il aurait aimé : en paix. Regret aussi d'avoir conduit sa vie, non pas pour son propre compte mais plutôt contre celui dont il voulait se faire aimer. Finalement avait-il été libre ? Il en douta. L'impression d'avoir raté son passage ici-bas envahit son esprit juste avant que le rideau ne tombe. En toile de fond, il lui sembla toutefois que son père lui souriait, comme cela lui était arrivé trop rarement…

Témoin involontaire de l'accident, l'homme aux jumelles assista, impuissant, à la fuite de l'automobiliste. Malgré tous ses efforts, il ne retrouva pas trace du motard dans ses oculaires. Il se saisit de son téléphone portable et appela les secours.

Deux minutes plus tard, retentirent la sirène et le klaxon des véhicules des pompiers se dirigeant vers la plage de la Grève Bleue.

Quand on découvrit l'identité du motard, on prévint Darcival qui arriva sur les lieux peu de temps après. De la Ducati, il ne restait qu'un amas informe de ferraille. Le pilote gisait à dix mètres de là, dans l'herbe, en bordure du sentier côtier. Prudemment, il descendit les rochers pour accéder à la scène de l'accident puis il enjamba le petit ruisseau qui se jetait à la mer à cet endroit. L'essence du réservoir de la moto irisait la surface de l'eau claire. Des gendarmes s'affairaient près de la Ducati qui était littéralement encastrée sur le rocher pendant que les pompiers intervenaient auprès du motard, plus haut, au-dessus de la crique. À quelques mètres, la mer à l'étale retenait son souffle.

Un touriste présent sur les lieux au moment de la sortie de route se tenait un peu à l'écart attendant qu'on veuille bien prendre sa déposition. Darcival s'approcha de lui.

— Vous pouvez me dire ce que vous avez vu ?

L'homme en maillot de bain, choqué par ce qu'il venait de vivre, rajusta sa serviette de bain sur les épaules.

Les cheveux encore mouillés par sa baignade, il commença ainsi, peinant à articuler :

— Je me baignais là, dit-il en désignant la petite crique où un rocher émergeait au milieu de l'eau calme. Je suis seul ici depuis ce matin. À un moment, j'ai entendu, qui arrivait du Conquet, une moto qui roulait vite, très vite. Le bruit se rapprochait de plus en plus jusqu'à ce que j'entende la sortie de route. Je nageais la brasse et je regagnais le rivage. Tout est allé très vite, la moto a traversé l'air et s'est écrasée là… Le bruit était terrible ! La violence du choc !

— Vous avez entendu un autre véhicule, entendu des bruits de freinage ? dit Darcival pensant aux gravillons qui tapissaient la chaussée par endroits.

— Non, rien du tout, uniquement le bruit du moteur de la moto. Je peux y aller maintenant ? demanda l'infortuné baigneur, impatient d'en finir.

— Mon collègue va vous accompagner jusqu'à la gendarmerie où vous ferez votre déposition en bonne et due forme. On vous donnera quelque chose de chaud pour vous réchauffer. Merci.

Près de l'endroit où avait eu lieu l'accident, quelques maisons bordaient la route. Darcival y avait aperçu un homme qui jardinait. Après être remonté sur le petit parking au-dessus de la plage, il traversa la départementale et alla à sa rencontre. Occupé à couper les roses fanées d'un superbe rosier, il sursauta à son approche.

Après lui avoir montré sa carte professionnelle, Darcival lui demanda :

— Vous étiez dehors au moment de l'accident ?

— Oui, répondit le jardinier amateur en refermant son sécateur et en se passant l'avant-bras sur le front. La BMW roulait en pleine gauche. Ils arrivaient vite tous les deux. J'ai prévenu les gendarmes et les secours mais je n'ai pas pu aller sur place, je ne supporte pas la vue du sang. Et le motard ?

— Mort.

Cela concorde avec ce qu'a vu l'autre témoin du haut du phare de Saint-Mathieu, pensa Darcival.

— La BMW, vous pourriez la décrire ? Y a-t-il un détail qui a retenu votre attention ?

— Vous savez, tout est allé très vite. D'abord j'ai entendu la moto qui venait du Conquet. Quand elle est passée près d'ici, j'ai levé la tête dans sa direction et j'ai vu la voiture qui arrivait en face en coupant le virage. Le motard avait le choix entre lui foncer dedans où une sortie de route… On connaît la suite. Pour la voiture, il m'a semblé qu'elle était surbaissée avec des jantes larges, un peu style tuning, vous voyez ce que je veux dire ? Et elle était grise.

X

Laissant Desprès conduire et se concentrant sur le mauvais moment qui allait suivre, Darcival se laissa distraire par le paysage qui défilait sous ses yeux. Sur la ligne d'horizon, un porte-conteneurs glissait lentement. L'île de Béniguet, arrosée de soleil, semblait posée là pour le plaisir des yeux, exposant aux rayons de juin sa plage de sable blanc. Des voiliers régataient à une encablure de la Grève Bleue qu'ils venaient de quitter. La magie du décor contribua à le détendre un peu mais pas suffisamment pour lui faire oublier ce qu'il allait devoir dire dans moins d'un quart d'heure. Quoi de plus difficile que d'annoncer à une jeune veuve que son fils est mort dans un accident de moto alors qu'elle vient tout juste de perdre son mari, assassiné de surcroît. C'est la raison pour laquelle il avait demandé qu'un psychologue soit également présent, de même qu'un médecin. « Fichu métier », pensa-t-il.

Desprès regardait de temps à autre son compagnon de route, voulant l'aider, mais elle s'abstint de tout commentaire, lisant sur le visage de Darcival que ce serait peine perdue. Laissant son supérieur se préparer psychologiquement, elle repensa à leur entrevue chez Valérie Le Mestrel et ce qu'elle leur avait appris au sujet de leur fils.

Depuis qu'il avait abandonné ses études, Ludovic n'était jamais resté sans rien faire, enchaînant les boulots. Assez dégourdi, il trouvait à se faire embaucher facilement et cela contribuait à rassurer les parents. Malgré tout, Jo commença à s'inquiéter et à avoir des soupçons quand son fils revint à la maison avec sa Ducati flambant neuve. Ce dernier eut beau expliquer qu'il avait emprunté pour l'acheter, le père ne le crut pas. Il avait dû se renseigner, probablement. Je me demande combien ça peut valoir, environ 20 000 euros, de toute manière on va éplucher ses comptes, on verra bien, pensa-t-il.

Suite à cela, Jo avait mené son enquête, leur dit Valérie, et il aurait découvert que son fils se livrait à du trafic de drogue. Dans un premier temps, le père avait essayé de le raisonner, faisant une mise au point avec lui, mais comme à chaque fois qu'ils se parlaient, cela avait dégénéré. Ils en étaient presque venus aux mains. Rompant le silence, Desprès s'adressa à Darcival :

— Je me demande bien comment Jo a découvert le trafic de son fils ? À moins de le suivre, je ne vois pas.

Son passager ne répondant pas et ne semblant pas réagir. Elle continua :

— Comment est-ce possible avec les horaires qu'il avait au quotidien, se lever vers 2 heures du matin et rentrer tard le soir ? Moi, j'en serais incapable. Je me demande bien où il a trouvé le temps de le faire avec en plus sa vie de couple et la mairie… sans compter le syndicat professionnel de la pêche…

Darcival suspendit sa rêverie et revint sur terre. Ce que venait de lui dire Desprès était plein de bon sens. Qu'avait réellement découvert Jo et comment ? Desprès, poursuivant son raisonnement, poursuivit :

— Si ce n'était que ça mais ensuite tendre un piège au dealer pour qui Ludovic aurait travaillé ! Il faut le faire. Pour l'instant, on n'en a pas la preuve, ce ne sont que les dires de Jo et de Valérie. Tu penses bien que le mec n'est pas allé se vanter de s'en prendre plein la gueule ! En tous les cas je n'aurais pas aimé être à sa place, vu le gabarit de Jo ! Que du muscle et du vrai !

Darcival se représenta Jo Le Mestrel, fort de ses 90 kilos, malmenant le dealer présumé. D'après Valérie, selon son fils Ludovic, le père n'y serait pas allé de main morte. Alors qu'ils se trouvaient à l'abri des regards, seuls, Jo l'aurait menacé dans un premier temps puis, devant l'attitude probablement provocatrice de celui qu'il voulait impressionner, il aurait alors commencé à le violenter. Ludovic, qui le tenait lui-même du dealer, avait parlé d'un coup de tête bien asséné et de coups de poing. En guise de conclusion à leur entrevue, des menaces de mort auraient été proférées, d'un côté comme de l'autre.

Manifestement la rencontre avait été très violente. Darcival livra le fruit de ses réflexions à Desprès :

— On aurait presque un mobile de meurtre, là ! Le dealer, vexé, blessé, qui veut se débarrasser de celui qui l'a offensé et lui a fait perdre la face !

— Le problème, c'est qu'on a très peu d'éléments et avec la mort de Ludovic encore moins... On n'a même pas son nom !

— C'est vrai, c'est pour ça qu'il va falloir ratisser large. Analyse des comptes bancaires de toute la famille Le Mestrel, analyse des appels téléphoniques émis et reçus, même chose pour les ordinateurs. Je rajouterais même autre chose... dit Darcival, laissant ses mots en suspens alors qu'il sortait une cigarette de son paquet.

— Oui, quoi ? répondit Desprès qui arrivait devant la maison de Valérie.

— La BMW !

— Parce que ?

— Cet accident ne vous semble pas suspect ? Vous ajoutez le fait que la BMW ait été vue roulant en pleine gauche par deux témoins et qu'elle ne se soit pas arrêtée, sans oublier le style de la voiture, berline allemande, modèle récent, style tuning... À mon avis, ça vaut la peine de creuser, on ne sait jamais...

— L'avis de recherche est déjà parti, des patrouilles sont en route.

Darcival aperçut le médecin et le psychologue qui les attendaient. Il demanda à Després de se garer un peu à l'écart pour ne pas affoler la pauvre femme.

Quand il fut descendu de la voiture, à mesure que ses pas le rapprochaient de la porte d'entrée, son rythme cardiaque s'accéléra. En prise au stress, il peinait à clarifier ses pensées. Qu'allait-il dire ? Comment allait-il lui annoncer le décès de Ludovic ? Intérieurement, il se répéta une formule toute faite mais elle lui parut fade, inappropriée, conventionnelle. Il n'eut pas à réfléchir davantage. Valérie qui les avait vus arriver, venait d'ouvrir la porte d'entrée. Sur son visage, Darcival lut comme une prémonition du danger, du malheur qui s'acharne. La moitié du travail est faite, pensa-t-il égoïstement.

XI

Le petit chemin indiqué par Desprès était bordé sur la gauche par un petit lavoir noyé sous une végétation luxuriante, alors que sur la droite se trouvait une jolie maisonnette bordée d'hortensias bleus et roses. Il descendait à la mer découvrant une belle petite plage de sable blanc. Un sentier côtier permettait de rejoindre la ville du Conquet par la côte. Darcival l'emprunta. Il marcha ainsi une bonne demi-heure, seul, vidant son esprit dans l'effort physique.

Le chemin suivait fidèlement le tracé de la côte, tantôt ouvert sur l'océan, tantôt bordé de buissons bien fournis et de fougères. Darcival qui avait accéléré le pas dans une montée, vit à trente mètres devant lui un autre marcheur. À mesure qu'il s'en rapprochait il crut en reconnaître la silhouette de dos. Je connais cette démarche singulière, ces bras qui tombent le long du corps et ne suivent pas l'allure de la marche, se dit-il, curieux de vérifier s'il avait vu juste. Quand il n'en fut plus qu'à quelques enjambées, celui qui le précédait se retourna d'un bloc.

Derrière Darcival, un petit groupe de marcheurs arrivait en parlant bruyamment. Comme il l'avait pressenti, c'était bien Yann, le marin de l'Albatros. Celui-ci l'apostropha, visiblement surpris de le croiser à cet endroit :

— Tiens, Lieutenant ! Nos routes se croisent encore ! Décidément, on ne peut plus se passer l'un de l'autre ! Puis, il ajouta sur un ton plus grave, vous avez appris ce qui est arrivé à Ludovic Le Mestrel ?

— Oui, j'en viens, j'étais sur le lieu de l'accident, répondit laconiquement Darcival.

— Quand le sort s'acharne ! Ça me fait de la peine pour Valérie.

Les deux hommes s'étaient arrêtés. Ils ne se trouvaient plus très loin de la ville du Conquet dont ils apercevaient la plage de Portez en contrebas. Quelques baigneurs et des corps étendus sur des serviettes en quête de soleil leur rappelèrent que le pic de la saison estivale était proche avec son lot de vacanciers. Ne sachant quoi dire, ni l'un, ni l'autre, ils restèrent ainsi sans parler, cherchant dans le paysage marin le prochain sujet de conversation ou une certaine forme de paix intérieure. Un hélicoptère de la Marine nationale passa à basse altitude les ramenant sur terre. Yann proposa :

— J'habite en face là-bas au-dessus de la plage, je vous y offre une bière ?

Surpris par la proposition, Darcival accepta néanmoins l'invitation.

Yann logeait en location dans un petit deux-pièces. Conforme à l'image que Darcival s'en était faite, il découvrit un intérieur de jeune célibataire avec son lot de désordre à l'image de l'évier rempli de vaisselle sale. Plus singulier, les posters qui tapissaient les murs le surprirent. Il ne pensait pas qu'un jeune comme Yann écoutât encore du hard-rock comme l'illustraient les clichés d'AC/DC et autres Iron Maiden ou Scorpions. Il se souvint alors que Yann passait en boucle ses groupes préférés sur son baladeur quand Jo avait reçu la balle en pleine tête et que de fait, il n'avait rien entendu. C'était le mouvement inhabituel du bateau qui l'avait alerté.

— Une Coreff, ça vous va ? demanda le jeune pêcheur.

— Va pour une Coreff.

Ils burent en silence, debout dans la pièce de vie qui donnait sur la grève en contrebas. Darcival prit le temps de regarder son vis-à-vis, ses avant-bras tatoués, sa boucle d'oreille, ses cheveux bouclés. Contrairement à Jo, Yann ne paraissait pas très costaud, en apparence seulement, parce que Darcival avait pu juger à bord du bateau de pêche de la force physique qu'il fallait pour y travailler. Subitement, il amorça la conversation.

— Valérie nous a appris que Ludovic trempait dans des affaires pas très claires !

Surpris, Yann écarquilla les yeux. Darcival continua :

— Toujours d'après elle, Jo aurait mené sa propre enquête et aurait même retrouvé celui avec qui son fils trafiquait, allant jusqu'à lui casser la gueule. J'aurais donc aimé savoir si Jo avait matériellement le temps de se livrer à des petites activités d'espionnage.

— À vrai dire, je me demande comment il a fait, si en tout cas ce que dit Valérie est vrai. Le matin on appareille vers 2 ou 3 heures, le soir on rentre vers 17 ou 18 heures et il faut encore débarquer la pêche, amarrer l'Albatros à son corps-mort… Après, il avait encore son travail dans les commissions municipales. Honnêtement, je ne vois pas quand il aurait eu le temps de se livrer à une enquête, comme vous dîtes. Je pense plutôt que quelqu'un lui a vendu la mèche, vous ne croyez pas ?

— Vous l'avez vu traîner avec des gens en particulier ? insista Darcival.

— Parfois le soir on buvait un coup au bar mais on y voyait toujours les mêmes têtes, essentiellement des marins pêcheurs comme nous. Après, s'il n'était pas à la mairie, il rentrait chez lui, il était sérieux et très amoureux de sa femme, si vous voyez ce que je veux dire… Ah si, il y a peut-être une fois ou deux où je l'ai vu avec une nana que je ne connaissais pas mais ils discutaient c'est tout.

— Ah bon ? Il y a longtemps ? s'étonna Darcival.

— Ce n'est pas arrivé souvent ; je les ai vus à deux reprises à l'entrée du Parc de Beauséjour, vers la mairie. J'en ai été témoin parce que je viens chercher des bouquins dans la boîte à livres du côté de l'office de tourisme. La nana avait une quarantaine d'années à peu près, brune, assez jolie mais y avait pas d'embrouille, je n'ai pas senti le plan "love", ils parlaient plutôt affaires. C'était il y a deux ou trois mois, je ne sais plus.

Yann posa sa bouteille de bière vide et alla en rechercher une autre.

— Une dernière chose, est-ce que vous connaissez quelqu'un qui aurait une BMW dernier modèle, grise et un peu "tunée" ?

— Non, désolé ! Vous voulez une autre bière ?

— C'est bon, merci, j'ai ma dose pour aujourd'hui, en émotions fortes je veux dire ! Je vais y aller.

Avisant les chandails et autres cirés qui gisaient çà et là dans la pièce, Darcival réalisa que le marin était consigné à terre désormais. Qu'allait-il advenir de lui et de l'équipage ?

*

*   *

En passant devant la cale Saint-Christophe, Darcival y chercha des yeux l'Albatros mais à la place qu'il occupait un autre bateau déchargeait le produit de sa pêche. Les caisses de tourteaux passaient dans les mains expertes des marins pour finir dans une camionnette garée juste à côté. Probablement qu'ils l'auront amarré à son corps-mort, pensa-t-il, en tâchant de le distinguer au milieu des autres, là-bas plus loin, au milieu du port.

— Y'a plus de crédit dans la gendarmerie, on est obligé de se déplacer à pied maintenant ?

Madame Guiclan, son hôtesse, arrivait à sa hauteur chargée d'emplettes. C'était le jour du marché aujourd'hui, comme il le comprit au contenu des paniers remplis de produits frais. Il se proposa de lui porter ses commissions et ils firent ensemble le trajet jusqu'à chez elle. Ils marchèrent le long du quai du Drellach et longèrent ensemble la ria jusqu'à la passerelle du Croaë. Après avoir laissé sur leur droite la rampe Lombard qui menait au centre-ville, Darcival découvrit ce qui restait de l'ancien port du Conquet avec ses hauts quais en granite, et ses vieilles maisons de pêcheurs. Devant l'une d'entre elles, de vieux casiers et des bouées multicolores décoraient un escalier pluriséculaire.

— Tiens, le "Louarnig" est remonté sur la grève, Jean-Yves a sorti les pots de peinture ! dit-elle comme pour elle-même.

Ne sachant pas s'il fallait qu'il renchérisse ou pas, il s'en abstint toutefois, croyant comprendre que le bateau qui portait ce nom allait être repeint.

Sous la passerelle qui enjambait la ria, des pêcheurs à pied s'activaient, certains grattant à la recherche de coquillages, d'autres passant le haveneau pour traquer les crevettes grises ou bêchant pour voler à la vase des vers pour la pêche.

Quand ils arrivèrent à destination, elle le remercia pour son aide et lui dit :

— C'est une des seules sorties qui me reste, le marché du mardi matin et c'est un peu mon pèlerinage aussi. Je fais toujours un détour par le port de pêche et le quai Aviso Vauquois, une façon comme une autre de penser à mon défunt mari et à mon frère.

— Il était pêcheur lui aussi ? demanda Darcival.

— Non, il était dans la Royale, entendez par là la Marine nationale ! Embarqué sur l'aviso Vauquois, le 18 juin 1940 à 21 heures, il a péri en mer comme plus d'une centaine d'autres. Le navire avait explosé sur une mine à l'ouest du Conquet, très près de la tourelle de la Vinotière. La mer est mon malheur, je vous dis.

— Elle est aussi le malheur de Valérie Le Mestrel. Son fils Ludovic est mort aujourd'hui, il s'est écrasé sur les rochers de la Grève Bleue avec sa moto.

— Oui, je l'ai appris en ville. Après le mari, le fils ! C'est un drame !

Darcival s'était assis à la table de la cuisine pendant que madame Guiclan s'affairait à ranger ses courses et à préparer le repas du soir. Il regardait en silence les doigts osseux et noueux de l'octogénaire éplucher les pommes de terre. La main droite guidait nerveusement le trajet de l'économe pendant que l'autre faisait tourner vivement le tubercule en présentant la face à l'outil éplucheur. De temps en temps, elle s'essuyait les mains dans son tablier bleu marine.

Tout en travaillant, elle dodelinait légèrement la tête sur laquelle un chignon tiré à quatre épingles lui donnait un air sévère, accentué par les traits du visage qu'elle gardait tendus.

Il attendit qu'elle se détende un peu, guettant un relâchement des tensions avant de relancer le dialogue.

Pendant qu'elle s'appliquait à laver les légumes de la soupe, les mains rougies par l'eau froide, elle regardait par la fenêtre derrière l'évier, les yeux perdus dans le vague. Elle parla la première, suspendant ses gestes :

— Fichue vie ! On reste seule quand on a perdu ceux qu'on aime. Y'a des fois, j'aimerais ne plus être là mais je ne suis pas prête de partir, le cardiologue me dit que j'ai un cœur exceptionnel, que je vivrai centenaire. Moi j'ai plutôt le sentiment d'être enfermée où je ne veux pas. Mon cœur est comme un oiseau dans sa cage, il aimerait s'envoler mais il ne le peut pas, je suis prisonnière de ma santé, mes principes m'interdisant d'en finir avec la vie.

Voulant profiter de la brèche, Darcival se risqua à demander :

— D'après vous, Jo Le Mestrel, a-t-il eu une vie heureuse ?

Surprise par la question, elle porta sur Darcival un regard scrutateur et dit :

— Il n'était pas si bien parti que ça, perdre son père à six ans c'est pas spécialement marrant et il n'a pas fini dans les meilleures conditions, même s'il n'a probablement pas souffert. Entre les deux, on peut dire qu'il s'est bien débrouillé pour côtoyer le bonheur. Son attachement à son oncle a remplacé le paternel absent et sa femme l'a comblé, je crois. Je vous laisse faire les comptes maintenant, mais votre question est étrange, dit-elle avant de retourner à son évier.

— Je vous demande ça parce que j'ai entendu dire, avec toutes les précautions qui s'imposent, qu'on aurait vu Jo avec une autre femme !

Madame Guiclan se retourna d'un bloc et lâcha d'emblée :

— Ah non ! Certainement pas !

— Comment pouvez-vous en être aussi sûre ? insista-t-il.

— C'était un homme droit et honnête, il aimait sa femme et ses enfants.

— Vous semblez l'avoir beaucoup apprécié !

— Oui, je le considérais un peu comme le fils que je n'ai pas pu avoir. Il venait souvent jouer ici quand il accompagnait son oncle, parce que ce dernier était l'ami de mon mari. Et s'il fallait croire tous ces ragots, j'en ai un autre à vous mettre sous la dent que vous finirez bien par entendre. Il se dit que Valérie voit un peu trop souvent un autre homme.

— Ah bon ! fit Darcival surpris.

— Eh oui, ça se dit et moi je n'y crois pas ou alors c'est en tout bien tout honneur. Et pour la bonne cause.

XII

Antoine Fauconneux, trente-cinq ans environ, les toisait d'un regard mauvais. Grand et maigre, dont le visage émacié accentuait le côté peu amical du moment. Hormis cela, l'homme vêtu de vêtements de marque, blazer et pantalon à pinces faisait penser à un commercial, ce qu'il disait être, par ailleurs.

La veille au soir, au cours d'un banal barrage routier, les gendarmes, voyant la BMW, avaient procédé à un contrôle un peu plus appuyé que prévu. Contrôle de l'alcoolémie, état des pneus, des phares, contrôle d'identité, tout était en règle jusqu'à ce que l'un d'entre eux demande à voir un petit paquet suspect posé sur le siège avant. Moins tranquille, le futur prévenu commença à faire valoir ses droits et à s'agiter au point qu'on dut le maîtriser. Le banal colis s'avéra être un petit pain de haschich. Ils venaient de ferrer un gros poisson.

Le trafiquant n'intéressait Darcival que dans la mesure où il pouvait être lié à la mort de Ludovic et qui sait, de Jo Le Mestrel. D'autres collègues se chargeraient mieux que lui de tout ce qui se rapportait au trafic. Pour l'heure, il avait tenu à le voir de suite compte tenu des événements récents. Après l'interrogatoire, il participerait aussi à la perquisition chez Antoine Fauconneux. Observant calmement son vis-à-vis, Darcival nota qu'il gardait les traces d'anciennes ecchymoses sur le haut du nez et sur la pommette droite.

— Qu'est-ce que vous faisiez hier à midi ? demanda Darcival sur un ton péremptoire.

Fauconneux ne répondit pas, se contentant de fixer son interlocuteur, un peu surpris par la question.

— Étiez-vous au volant de votre voiture hier, à midi ? répéta Darcival avec une pointe d'agacement dans la voix.

Curieux de comprendre la tournure qu'était en train de prendre l'interrogatoire, le prévenu finit par dire, non sans avoir hésité :

— C'est quoi le problème ?

— Le problème c'est toi, on aimerait savoir si tu te trouvais sur la route touristique de Saint-Mathieu à midi ! dit Darcival, passant au tutoiement.

— C'est important ? laissa-t-il échapper en se reculant sur sa chaise.

— Un peu oui. Alors, soit tu coopères et on gagne du temps, soit on attend les résultats du bornage et du contenu de ton portable.

— Bon oui, je suis passé par là à l'heure que vous dites, j'étais même en train de téléphoner. Vous allez me faire tout ce bazar parce que je téléphonais au volant ? dit-il narquois.

— Vous vous rappelez avoir croisé une moto rouge ? Une Ducati ?

— J'ai pas que ça à faire, de regarder les couleurs et les marques des voitures que je croise !

Quand Darcival lui exposa les charges qui pouvaient peser contre lui, l'accident de Ludovic, Fauconneux ne voulut plus parler, rejetant en bloc les accusations lancées contre lui. Reconnaissant avoir téléphoné au volant, il contesta l'écart sur la voie de gauche de même que la notion d'homicide involontaire.

En début d'après-midi, comme convenu, ils se rendirent à son domicile dans la commune voisine de Plougonvelin. Les voisins le décrivirent comme un homme poli, sans problème, avec des horaires réguliers. Pour ce qu'ils en savaient, il travaillait dans le commerce comme représentant en vins, il avait d'ailleurs fait profiter le voisinage de promotions. Toujours élégant et bien habillé, il n'avait jamais attiré l'attention. Même les abords de la maison où il vivait se remarquaient de la rue par le soin qu'il y apportait.

Pour la visite de l'intérieur, où personne du quartier n'était jamais entré, il en alla différemment. Dans une des pièces du logement, il cultivait du cannabis à grande échelle avec des lampes à UV et un système d'arrosage automatique. Il le justifia par des gros besoins de consommation personnelle, une façon comme une autre de soulager des douleurs d'arthrose qui le faisaient souffrir et de supporter le stress de son métier. S'agissant du paquet de haschich trouvé sur son siège, il ne comprenait pas, on lui avait certainement tendu un piège, lui qui laissait toujours ses portières ouvertes. La découverte de résine de cannabis, de haschisch et de pilules d'ecstasy dans un faux plafond eut finalement raison de sa défense insolente. Avant qu'il ne soit déféré au parquet de Brest, Darcival voulut s'entretenir avec lui une nouvelle fois.

En fouillant dans son téléphone portable, Després avait fait des découvertes. Sur le site d'un réseau social auquel Antoine Fauconneux était inscrit, on le voyait en compagnie de trois autres pilotes de Ducati. Un des quatre motards photographié se trouvait être Ludovic Le Mestrel. Désormais, tout dans l'attitude de Fauconneux laissait suggérer qu'il prenait conscience de la fin de son aventure et Darcival décida de porter l'estocade, de le confondre et d'obtenir des aveux.

— Moi, ce que je crois, c'est que tu trafiquais avec Ludovic Le Mestrel depuis un petit moment. Un jour, tu as eu la visite de son père qui venait te demander de laisser son fils tranquille et d'arrêter ton trafic. Je ne sais pas ce qui s'est passé exactement mais il t'a filé une correction au passage dont tu portes semble-t-il encore les traces, lui fit-il remarquer en lui montrant ses cicatrices sur le visage. Et ça, c'est ce qu'on voit ! Un passage chez le médecin nous permettrait d'en voir d'autres, notamment les restes de coups portés sur le thorax alors que tu étais à terre. Ce n'était pas le genre de Jo de faire ça mais quand tu as sorti ton couteau, je crois que ça l'a rendu fou et il s'est lâché. Bref, tes relations avec la famille Le Mestrel prenaient une tout autre direction. À partir de là, on peut comprendre que tu leur en aies voulu et que tu aies voulu supprimer le père et le fils. Le père, discrètement par arme à feu et Ludovic en faisant croire à un banal accident de la route.

Fauconneux sauta sur sa chaise au point que Després dut le faire asseoir de force.

— Vous êtes fous ou quoi, je n'ai tué personne ! Vous êtes malades !

— Eh, oh, on reste correct ! lui intima Darcival en continuant son exposé. Au fait, on n'a pas trouvé de moto chez toi, tu l'as vendue ?

— Celle sur la photo n'est pas à moi, on me l'avait prêtée. Rien de ce que vous dites ne tient la route. Les traces que je porte sont les restes d'une chute dans les rochers. Le Ludovic dont vous parlez, je ne le connais pas. Il se trouve qu'il était présent le jour où je suis venu voir un des gars sur la photo, c'est tout. Et comme vous êtes sur mon portable, vous verrez en l'analysant que la nuit du meurtre du Jo dont vous me parlez, je n'étais pas dans le coin. J'étais en discothèque à Brest et j'ai des témoins qui vous le diront. J'ai même payé avec ma carte bleue.

XIII

Peu après midi, Darcival rejoignit seul Le Conquet et se rendit dans un bar restaurant du centre-ville que lui avait indiqué Desprès où le monde de la pêche avait l'habitude de se retrouver. Il avait quelque chance d'y croiser Yann Le Dorsec, le marin pêcheur de l'Albatros. Il aimait bien ce gamin. Sitôt franchi le seuil de l'établissement, il sentit tous les regards converger vers lui. Les conversations s'étaient interrompues. Derrière son comptoir, le patron, un homme solide d'une cinquantaine d'années, prit le temps de dévisager le nouveau-venu tout en essuyant des verres. L'examen de passage terminé, après cinq ou six secondes qui lui parurent bien davantage, il alla s'asseoir au milieu des autres clients.

Autour de lui la vie du bistrot reprenait ses droits, plus personne ne faisant attention à lui. Il trempa les lèvres dans l'amertume de la bière qu'on venait de lui servir. Drôle d'enquête, pensa-t-il, j'ai l'impression qu'à mesure que j'avance, les pions de l'adversaire se déplacent avec un coup d'avance. Ludovic est mort sans qu'on puisse dire si Antoine Fauconneux est concerné directement et s'il y a homicide volontaire. Par ailleurs, il y a fort à parier qu'il n'a rien à voir dans le meurtre de Jo, on le saura avant ce soir avec l'étude du portable. Il en était là de ses réflexions quand un homme entra et alla directement derrière le bar rejoindre le tenancier. Rapidement ils firent une relève, notant les consommations réglées et les autres. L'employé au crâne presque rasé avait une quarantaine d'années. Darcival nota sur son avant-bras droit un tatouage. Il en avait déjà vu un semblable mais où ?

La porte s'ouvrit à nouveau, sur Yann Le Dorsec cette fois. Aussitôt, un léger brouhaha se fit entendre, chacun voulant l'accueillir à sa façon, en lançant une boutade ou en lui tapant dans le dos. Connu comme le loup blanc, il faisait partie de la grande famille du troquet. Apercevant Darcival, il se dirigea vers lui, lui proposant d'aller finir leurs consommations dans la salle de restaurant, juste à côté de la vitre. Ainsi, ils seraient plus tranquilles.

Au-dehors, derrière la baie vitrée, on dominait la ria qu'on apercevait juste en dessous alors qu'au-delà on distinguait nettement la presqu'île de Kermorvan et la Manche. La place convenait tout à fait pour évoquer l'enquête sur le meurtre de Jo car elle en fournissait le décor grandeur nature. En préambule à leur conversation, Yann expliqua à nouveau à Darcival les liens qui l'unissaient au patron pêcheur. Très affecté par sa disparition, il ferait tout son possible pour l'aider à retrouver le salaud qui avait fait ça. Après qu'il se fut confié, il se leva et se dirigea vers un vieux juke-box dans le fond de la salle. De sa place, Darcival entendit le cliquetis de la pièce qui tombait dans le monnayeur puis le mécanisme qui se met en marche et enclenche le disque.

Comme par magie, les enceintes emplirent la salle des premières notes du morceau, des accords de guitares électriques et des rythmes de batterie qu'il reconnut de suite, celles de la chanson de Johnny Hallyday *Fils de personne*. Il se plut à fredonner intérieurement les premières paroles de la chanson : « Y'en a qui naissent dans les plis du drapeau, au son des hymnes militaires… »

Yann reprit sa place en face de lui et but une gorgée de bière.

— Cette chanson, c'est un peu ma vie ! dit-il. Moi aussi, je suis le fils de personne.

Darcival l'écouta sans répondre. Yann poursuivit après un court silence pendant lequel Johnny semblait participer à la conversation.

— Avec Jo j'étais un peu devenu le fils de… sans que cela soit dit et aujourd'hui, je suis à nouveau orphelin. Putain de vie, je te dis !

Il avait dit cela en haussant la voix et Darcival lut dans ses yeux une certaine forme de violence, le désir d'en découdre avec le destin qui s'acharnait. Yann reprit :

— Toute ma jeunesse, on m'a trimbalé de foyer en foyer, de famille d'accueil en famille d'accueil, là je pensais avoir trouvé une sorte de famille et vlan, c'est reparti !

Le serveur leur apporta deux nouvelles bières que Yann avait commandées. Sur l'avant-bras droit du barman, un tatouage figurait une sorte de boule d'où sortaient sept branches ou ce qu'on aurait pu prendre pour des flammes. Darcival fut incapable de dire ce qu'il représentait et pourtant il connaissait ce motif, il en était sûr. Voyant les bateaux de pêche qui tiraient sur leurs amarres par la fenêtre, il repensa à la situation présente de Yann.

— Au niveau boulot, ça va se passer comment pour vous trois maintenant ?

— On reprend le travail demain. Valérie, associée à l'affaire de Jo, veut continuer l'aventure. C'est Michel, le chef mécano du bord qui remplacera son mari. Au fait, ça avait l'air de vous intéresser le métier de pêcheur quand vous êtes venu à bord ! Ça vous dit de faire une sortie en mer avec nous ? Mais pas seulement comme touriste !

— C'est d'accord. Avec l'enquête, je ne peux pas te dire quel jour mais je sais à quelle heure vous quittez le port, je serai là un de ces matins avec ma gamelle, tout comme vous.

Encouragé par le climat de confiance qu'ils avaient instauré autour de leurs bières, Yann se risqua à une question plus personnelle.

— Et vous, vous avez encore vos parents ?

Instantanément, Darcival se crispa sur sa chaise. Il

ne s'attendait pas à cette question. Cela faisait un jour ou deux qu'il était parvenu à oublier son chagrin et sans le vouloir Yann l'y replongeait. Difficile cependant de se taire quand lui s'était livré, pensa-t-il.

— Moi, je n'ai pas connu ma mère, morte en me mettant au monde et j'ai été élevé seul par mon père. Il est mort il y a trois mois.

— Ah excusez-moi ! fit, désolé, Yann.

— Ne vous excusez pas, vous n'y êtes pour rien.

Dans le juke-box, Johnny finissait sa chanson, scandant : « je suis le fils de personne. »

XIV

Le corps était assis sur la chaise métallique mais l'esprit voyageait ailleurs, loin de cette pièce où Després cherchait à le retenir en le briefant sur les dernières avancées de leur enquête. Ses pensées naviguaient sous la forme de souvenirs, de flashs. Yann avait ouvert sans le vouloir les portes de l'enfance et les images ressurgissaient, diffuses, intenses. La mémoire compensait l'absence physique par un phénomène de résurgence. Després s'agitait pendant que lui était habité par le souvenir de son père. Au-delà de celui qui l'avait toujours protégé, il resterait surtout celui qui lui avait permis de devenir l'homme qu'il était aujourd'hui.

Quand il faisait le bilan, son père avait su, malgré tout, compenser l'absence de sa mère, même s'il avait pu en souffrir quelquefois. Comme sur un grand écran de cinéma et en couleur, il le revoyait nager le crawl, enchaînant les mouvements des bras dans un rythme parfait, sans éclaboussure. Dans un autre registre, moins sportif, celui-là, il voyait son père endimanché pour aller à la messe, tirant sur sa gauloise blanche. Paradoxalement, cet homme libre sera toujours demeuré dépendant du poison végétal. Le tabac avait eu raison de lui. Cancer foudroyant. Les clopes auraient au moins eu le mérite de contribuer à construire un personnage haut en couleur, digne des films américains des années cinquante. Représentation imaginaire, idyllique. Viril, libre, mystérieux, Darcival le revoyait, appuyé au comptoir d’un bar de plage quand il avait dix ans, fixant l’horizon de son regard d’eau.

Une porte claqua bruyamment. Il redescendit brutalement sur terre et tâcha de raccrocher les wagons. En une fraction de seconde, il mit de l’ordre dans ce qu’il avait écouté d’unc oreille distraite.

L’analyse des relevés bancaires de Jo révélait que depuis trois mois environ, il effectuait des retraits hebdomadaires en espèces au distributeur pour un montant invariable de 250 euros. Ces opérations avaient toujours lieu un jeudi à 19 heures 30. On avait vérifié, les courses alimentaires, l’essence et les dépenses courantes semblaient toutes être réglées par carte bancaire sur le compte de Valérie, alors à quoi servaient ces retraits ? A priori pas pour la fille, Louise, qui fait ses études d’infirmière à Brest. Le compte de cette dernière était régulièrement approvisionné, couvrant les dépenses de l’étudiante.

Celui de Ludovic, quant à lui, ne laissa rien apparaître de suspect. On y trouvait les mouvements de ses salaires et les charges habituelles, assurances, impôts, essence… Par contre, il confirma les soupçons de Jo. Son fils n'avait aucun emprunt en cours et n'en avait jamais eu, du reste, ce qui laissait supposer que la Ducati avait été payée en cash. Darcival, qui avait repris les choses en main dit soudain :

— Després, vous pouvez envoyer quelqu'un chercher Valérie chez elle pour qu'on puisse tirer ça au clair au plus vite !

En attendant son arrivée, les deux gendarmes examinèrent attentivement les relevés téléphoniques fournis par l'opérateur d'Antoine Fauconneux et de Ludovic Le Mestrel. Il ne leur fallut pas longtemps pour constater que le dealer était bien à Brest à l'heure de l'assassinat. S'agissant de Ludovic, ils apprirent avec stupeur qu'il se trouvait sur les lieux du crime. Il devenait un suspect de premier plan, mort mais suspect quand même.

— Je ne crois pas à sa culpabilité, ce doit être plus compliqué que ça ! laissa échapper Darcival comme pour lui-même alors qu'il marchait de long en large dans la pièce.

— Pour ce qui est de Fauconneux, on peut supposer qu'il est hors-jeu. Ses relevés bancaires sont formels, il a payé avec sa carte des consommations dans une boîte de nuit de Brest à l'heure du meurtre. On l'a même vu sur les bandes-vidéo, répondit Després qui se passait les différents documents entre les mains y cherchant un détail qu'ils n'auraient pas vu.

Valérie Le Mestrel paraissait dix ans de plus quand ils la virent entrer, escortée d'un gendarme. Pour autant, soucieuse de son apparence, on voyait qu'elle avait fait des efforts pour masquer son état. Maquillage discret, association des couleurs. Après lui avoir proposé un café, ils l'invitèrent à s'asseoir. Se tenant les mains entre les jambes, légèrement voûtée sur sa chaise, elle attendait d'eux le pire comme le meilleur. Que pouvait-il lui arriver maintenant qu'elle avait presque tout perdu ? pensa Darcival en la regardant. Il attaqua de front, voulant progresser rapidement et prendre un temps d'avance sur celui ou celle qu'ils cherchaient. Elle parut désarçonnée en apprenant ces retraits d'espèces.

— Je ne comprends pas, je ne sais pas de quoi il s'agit. Quel rapport avec la perte de mon mari ?

— On a épluché vos comptes bancaires pour y chercher une piste et tâcher de trouver le mobile du meurtre ! expliqua Darcival en venant s'asseoir sur le bord du bureau, tout près d'elle dont il sentait le parfum fleuri.

— Je ne sais pas ce qu'il faisait de cet argent. Il s'agit de son compte professionnel d'ailleurs, crut-elle bon de préciser.

— Nous le savons. Nous cherchons juste à comprendre ce qu'il pouvait faire de cet argent. S'il s'agissait de dépenses à caractère professionnel, il aurait préféré le règlement par carte ou chèque, ne serait-ce que pour la comptabilité, dit Darcival.

— En l'état, j'ai du mal à croire que cela servait à payer des verres aux copains le soir après le travail. Je serais plutôt enclin à pencher pour le paiement d'une prostituée… renchérit Després.

— Vous ne respectez vraiment rien ! s'écria-t-elle avec force. Vous salissez la mémoire de Jo et vous m'offensez ! finit-elle par dire en pleurant.

Pendant qu'ils la laissaient récupérer, les deux gendarmes s'installèrent à leurs bureaux respectifs, rejetant un coup d'œil aux documents qu'ils avaient étudiés. Pour la énième fois, Darcival revisita les relevés bancaires de Jo Le Mestrel. Un détail attira son attention. Une fois, une seule fois, un montant identique de 250 euros avait été réglé par chèque, il s'agissait d'ailleurs du premier montant de cette somme sur les six derniers mois. Il le fit remarquer à Valérie, précisant au passage que la banque lui donnerait l'identité du ou de la bénéficiaire.

— Vous savez quelque chose ou nous nous débrouillons seuls ? De toute façon nous finirons bien par savoir. Il est dans votre intérêt de coopérer avec nous, quelles que soient vos raisons du moment…

Valérie se moucha dans un joli mouchoir en tissu, rajusta une mèche rebelle, s'essuya les yeux et commença ainsi :

— Je ne voulais pas qu'elle ait des problèmes…

— Qui ça ? demanda Després, impatiente de mettre un visage ou un nom.

— C'est une ancienne copine d'école, Maude Kervuest. On s'est revues il y a six mois. Elle sortait de prison pour une histoire de trafic de stupéfiants. Dans la galère, elle voulait rebondir et recommencer une vie normale, alors je l'ai aidée à trouver un logement au Conquet. Comme elle ne trouvait pas de travail, j'ai proposé à Jo, qui se faisait du souci pour Ludovic, qu'on lui demande d'enquêter discrètement sur notre fils. Elle me semblait la personne idéale par ses études de photographie et le fait qu'elle connaissait les habitudes des trafiquants. Jo et moi sommes allés la voir et nous lui avons proposé de la payer 250 euros par semaine pendant trois mois, le temps qu'elle nous fasse un dossier complet sur la vie cachée de Ludovic. Elle a accepté et a fait du très bon travail. En fait, elle a découvert le pot aux roses au bout d'un mois.

— Son trafic avec Antoine Fauconneux, c'est ça ?

— Ah, mais vous êtes au courant ? fit-elle surprise.

— Oui, depuis peu, mais cela n'explique pas pourquoi vous avez continué à la payer au-delà de ce mois, fit remarquer Darcival.

— Malgré mes mises en garde, Jo est allé donner une leçon à Tonio – c'est comme ça qu'il se fait appeler – mais je vous ai déjà raconté tout ça ! Ensuite, il a continué à payer Maud pour qu'elle surveille à nouveau Ludo. Il voulait être sûr qu'il ne recommence pas.

— Et alors ?

— On ne sait pas, Tonio se montrait beaucoup plus méfiant et se faisait un peu oublier alors ça prenait plus de temps.

XV

Le temps s'assombrissait d'heure en heure depuis le matin et le ciel chargé de nuages noirs et gris donnait à la mer une couleur vert émeraude terne, chamarrée çà et là de petites taches blanches. Secouée par des rafales de sud-ouest, la voiture qui les conduisait chez Maud Kervuest faisait de légères embardées. De temps à autre, des gouttes de pluie cinglaient le pare-brise. Després montra du doigt la petite maison où ils se rendaient et qu'on apercevait maintenant de la route. On aurait dit une cabane, tant elle paraissait petite.

Darcival nota que Maud habitait à deux ou trois cents mètres du lieu de l'accident de moto de Ludovic Le Mestrel. Étrange, se fit-il la réflexion, qu'elle n'ait pas pris contact avec Valérie depuis, elle était inévitablement au courant.

La petite habitation, construite bien avant la loi littoral, jouissait d'une vue imprenable sur l'océan. Le terrain délimité par un petit muret de pierres sèches descendait en pente douce jusqu'au sentier des douaniers en bordure de la propriété. Une voiture était garée devant l'entrée. Les deux gendarmes s'en approchèrent. Elle s'ouvrit sans difficulté.

— Tiens, les clefs sont restées sur le contact. Elle doit s'apprêter à partir, on arrive à temps.

— Oui, le moteur est froid ! renchérit Darcival en touchant le capot.

Ils frappèrent à la baie vitrée qui regardait la mer. Au travers, on y voyait la pièce principale dans laquelle régnait le plus grand des désordres. Darcival tenta de la faire coulisser et elle se déplaça sans effort lui permettant de se glisser à l'intérieur.

— Madame Kervuest ! appela-t-il sans succès trois fois de suite.

N'obtenant pas de réponse, les deux gendarmes pénétrèrent dans la maison. Ils firent rapidement le tour de la première pièce puis ouvrirent les deux portes du fond. Després tomba sur la salle de bains, vide. À son tour Darcival actionna la poignée de la deuxième porte et l'ouvrit doucement, sur ses gardes. Brusquement, il fit un pas en arrière, la main sur la bouche.

— On arrive trop tard ! s'écria-t-il, l'air dégoûté.

Dans la chambre, l'odeur insoutenable les fit reculer. Sur le lit, Maud gisait sur le dos, morte. Manifestement, on l'avait assassinée et déposée à la hâte, là, à l'abri des regards extérieurs. Dehors le vent se renforçait et la pluie s'écrasait par saccades sur les vitres. Darcival referma la baie vitrée et appela l'équipe de la scientifique de même que le médecin légiste. Després fit remarquer le silence pesant qui accompagnait la morte dans la maison alors qu'à l'extérieur la nature se manifestait bruyamment, sifflant par le moindre interstice.

Le médecin légiste, arrivé sur les lieux peu après, estima que la mort datait de trois jours environ, mais il faudrait affiner ce temps. Elle avait été étranglée avec un cordon de rideau trouvé sur place.

— Ce qu'on a pris pour du désordre, c'est en fait une fouille en règle. Tu as vu ? Pas d'ordi, pas d'appareil photo, aucun document, rien ! fit remarquer Després qui fouillait méticuleusement toutes les pièces.

Darcival suspendit quelques secondes ses recherches et promena son regard autour de lui avant de dire, s'adressant aux gars de la scientifique qui cherchaient des indices :

— Pensez bien aux poignées de portes, aux verres aussi sur l'évier. On ne sait jamais. Et la voiture, au peigne fin, cheveux, poils, tout y passe !

Le légiste qui avait fini ses premières constatations vint vers lui. Petit chauve, Darcival remarqua ses mains aux doigts longs et fins.

— C'est bien vous qui êtes en charge de l'affaire Le Mestrel ? On s'est manqué de peu sur l'Albatros il y a trois jours. J'ai autopsié le corps du père mais aussi celui du fils, Ludovic. Pour le père, on sait à quoi s'en tenir, c'est du net et sans bavure. Par contre pour le fils, je voulais vous faire part d'une observation que j'ai faite. La mort est consécutive à l'accident, cela ne fait pas l'ombre d'un doute. Les résultats toxicologiques se sont révélés négatifs, le motard était clean.

Le médecin se caressa le crâne de ses doigts fins, cherchant ses mots avant de poursuivre.

— Il s'agit de l'arrière de la tête. J'y ai observé les traces d'un coup violent reçu probablement deux ou trois jours avant. Au départ on aurait pu croire que la marque était consécutive à l'accident mais il portait encore son casque quand on me l'a amené, cette zone était donc protégée. Je vous fais parvenir mes conclusions dans la journée, dit-il en rangeant ses affaires et en s'apprêtant à partir.

Après être allé chercher un coupe-vent dans la voiture de service, Darcival descendit jusqu'au sentier côtier. Il ne trouverait rien de plus, il fallait laisser les spécialistes glaner les moindres indices pour analyse, en espérant qu'ils fassent des miracles, pria-t-il, parce que jusqu'à présent tout nous file entre les doigts.

Le vent l'obligeait à maintenir sa capuche fermée de la main droite. Il respira à fond, emplissant ses poumons des embruns que charriait l'air marin, il voulait laver l'odeur de la mort. Sur le tapis de la mer, les bateaux se faisaient rares. La dépression marine occupait l'espace, réveillant les éléments, donnant vie à l'océan, chaque vague formée semblant porter allégeance aux forces supérieures qui nous gouvernent. Les pêcheurs du Conquet n'étaient pas sortis aujourd'hui, trop dangereux. Seul un navire, qu'il reconnut pour être le remorqueur de haute mer “l’Abeille Bourbon”, bravait le mauvais temps et la mer formée prêt à porter assistance dans le rail d’Ouessant. Sa fière étrave s’écrasait avec majesté dans l’immensité salée. Sur la ligne d’horizon il distingua ce qu’il crut être un destroyer ou une frégate.

Jetant un coup d’œil vers la maisonnette de Maud Kervuest, il distingua Desprès qui le regardait à travers la baie vitrée. S’accordant encore cinq minutes, il repensa à la proposition de Yann au sujet de la sortie en mer. Il irait demain ou après-demain, quand le temps se serait calmé. Il en avait besoin pour se laver la tête et faire le point. Il remonta vers la maison.

En chemin, il repensa à la scène du crime. La victime était vêtue d’un blouson d’extérieur et portait encore un bonnet sur la tête. Elle avait donc été assassinée alors qu’elle s’apprêtait à partir de chez elle ou au contraire alors qu’elle rentrait. L’assassin l’avait donc, soit suivie, soit attendue. Il confia ses réflexions à Desprès qui renchérit :

— On pourrait croire à un cambriolage qui a mal tourné mais il n’y avait rien à prendre ici, elle sortait de prison, sans travail… On ne tue pas pour un ordi et un appareil photo.

— Oui, je crois que tout est lié, Jo, Ludovic, Maud… J’espère que ça s’arrêtera là. Ce qui nous manque c’est le mobile, ce qui articule l’ensemble. Elle savait certainement beaucoup de choses pour qu’on l’ait tuée mais on arrive trop tard et on n’a rien trouvé.

Un peu déboussolés par les événements, ils quittèrent les lieux, un peu soulagés de changer de décor.

À ses côtés, la sous-lieutenant Valentine Després conduisait machinalement pour les ramener à la gendarmerie. Darcival voyait bien qu'elle paraissait encore perturbée par la vision de la scène du crime, lui-même, d'ailleurs, peinait à se laver la tête des images de la mort et surtout, de son odeur.

— On ne fait pas un métier facile ! se risqua-t-il à dire.

Surprise, elle regarda dans sa direction. Darcival réalisa que depuis son arrivée au Conquet, absorbé par ses soucis et par l'enquête en cours, il ne l'avait pas encore réellement regardée. L'étude de ses traits s'était limitée pour lui à la couleur de sa peau et à la forme générale de son visage. En d'autres termes, sa subordonnée ne lui était apparue que pour ce qu'elle était jusqu'à présent : sa subordonnée. Leurs relations se cantonnaient au travail et à ce que cela impliquait comme relation dans ce cadre précis.

À présent, les yeux noirs humides de Després, empreints d'humanité, le fixaient et il découvrit la femme qui se cachait derrière l'uniforme et la fonction. Aussitôt, sans savoir pourquoi, il lui dit, tout en lui demandant de regarder sa route :

— Habituellement, quand je travaille en binôme comme c'est le cas actuellement, je préfère qu'on se tutoie, je trouve que ça facilite les relations de travail. Qu'est-ce que vous en pensez ?

Par prudence, avant de lui faire cette proposition, Darcival avait pris le temps d'étudier son dossier, et ses bons états de service l'avaient convaincu. Depuis cinq ans dans la gendarmerie, elle avait commencé par l'île de La Réunion, d'où elle était originaire, et elle avait demandé sa mutation au Conquet, en Bretagne. Elle avait déjà contribué par son travail, à la résolution de deux affaires de meurtre et partout où elle était passée, on louait son efficacité et sa discrétion. De fait, il réalisa qu'en dehors du travail, ils n'abordaient l'un et l'autre aucun sujet personnel. Il faut dire, pensa-t-il, qu'ils ne travaillaient ensemble que depuis trois jours.

Després, surprise par le changement de ton, prit le temps de jauger son supérieur avant de répondre :

— Je suis d'accord, on commence de suite si tu veux ?

XVI

En fin de journée, Darcival reprit contact avec Valérie Le Mestrel. Il voulait reprendre les choses à zéro et recommencer par le basique à commencer par les emplois du temps. Dépité par la tournure que prenaient les événements, inquiet des morts à venir, il décida de mettre les bouchées doubles et d'attaquer sur tous les fronts. Le seul moyen de progresser dans l'enquête consistait, maintenant que les personnes clefs étaient décédées, à retracer la vie de Jo heure par heure dans l'espoir d'y déceler un indice. Compte tenu de la vie bien remplie du marin pêcheur, il allait falloir ratisser large, pensa-t-il en se saisissant du combiné téléphonique.

Valérie ne répondant pas chez elle, il composa le numéro de son portable. Elle décrocha à la deuxième sonnerie. Elle se trouvait sur l'Albatros où elle avait donné rendez-vous aux trois marins de l'équipage. Comme le lui avait dit Yann, l'entreprise continuait, le bateau reprenait du service. Il lui proposa de l'y retrouver quand elle en aurait fini avec eux.

L'Albatros, amarré sur la cale Saint-Christophe, avait revêtu ses plus beaux atours, casiers et bouées entassés sur les deux ponts. Darcival n'aurait su dire pourquoi mais il le compara à un cheval impatient d'aller en découdre. Quand il monta à bord, il repensa à la proposition de Yann. Il avait hâte de participer à cette journée de pêche, occasion de se mettre dans la peau de Jo et de partager l'espace d'une journée le quotidien des gens de la mer. Levant les yeux, il réalisa que le temps ne s'était pas amélioré, le vent soufflait toujours autant. Il monta à bord et se dirigea vers la timonerie où Valérie l'attendait, occupée à remplir des papiers. Devait-il lui parler de la mort de Maud ? Il jugea plus raisonnable d'attendre. Au préalable, il voulait connaître l'emploi du temps type de son mari, une semaine lambda. Elle avait eu assez d'épreuves en trois jours. Impressionné, il se demandait même comment elle faisait pour supporter tant d'émotions et de mauvaises nouvelles en si peu de temps.

Elle lui sourit malgré tout quand il pénétra dans la cabine où elle recherchait la présence de son défunt mari, laissant ses doigts s'attarder sur la barre qu'il manœuvrait au quotidien, saisissant le micro de la VHF, touchant le siège sur lequel il s'asseyait. Il remarqua qu'une photo de Valérie était punaisée sur une cloison. On l'y voyait souriante, les cheveux dans le vent. Discret, il attendit qu'elle veuille bien entamer le dialogue.

— Il me manque, vous savez ! arriva-t-elle à articuler en réprimant un sanglot. Puis, se ressaisissant, elle poursuivit. Quel est l'ordre du jour à présent ? Encore un mort à déplorer ? fit-elle sur le ton de la provocation et en redressant le buste.

— Pas précisément ! Devant les portes qui se ferment, je veux reprendre les choses à zéro et j'aurais aimé que vous m'informiez de l'emploi du temps type de Jo, une semaine normale. En fait, je voudrais tout connaître de ses habitudes.

Elle regarda Darcival dans les yeux cherchant à y déceler un message subliminal puis s'appuya sur le tableau de bord.

Rassemblant ses idées, elle commença ainsi, un peu sur un mode militaire :

— Jo se lève tous les jours vers 2 heures. Il déjeune et Yann passe le prendre pour aller au port. Ils appareillent vers 3 heures du matin. Le temps de se rendre sur la zone de pêche, il assure le quart à la passerelle pendant que l'équipage se repose. À 6 heures, ils déjeunent et ils enchaînent les filières jusqu'à 13 heures environ. Ensuite ils rentrent au port, je crois qu'il se repose à ce moment-là et c'est l'équipage qui assure le quart. Ils se mettent à quai pour décharger la pêche à 18 heures et le bateau est amarré à son corps-mort à 19 heures. Fin de la journée de travail.

— La flottille de pêche compte combien de bateaux professionnels ?

— Une trentaine environ. Donc, je reprends, dit-elle agacée d'avoir été interrompue. Quand Jo a fini, en général il va boire un coup avec ses copains au Magellan, un bar du centre-ville.

— Ah oui, je vois ! dit-il en pensant à Yann avec qui il y avait bu deux bières.

— Il y reste une demi-heure en général, pas davantage. Ensuite, soit il rentre à la maison, soit il a ses obligations avec la mairie, les commissions et les conseils mais c'est toujours régulier.

Valérie se tut et regarda le port où la mer montait. Les bateaux tanguaient dans le courant de marée, on entendait les drisses des voiliers de plaisance cogner contre les mats. Le vent soufflait toujours aussi fort. Darcival demanda :

— Un jour comme aujourd'hui, par exemple il ne travaillait pas, je veux dire qu'il ne sortait pas en mer ?

— Dans ces cas-là, on le trouvait soit au bateau où il effectuait des réparations, soit à la mairie, ou encore à la maison avec moi. Ah, il y avait aussi les vendredis où il passait voir sa mère avant de rentrer, un rituel.

Repensant à sa fille Louise, qu'il n'avait pas rencontrée et sur laquelle il savait peu de chose, il demanda :

— Votre mari entretenait de bonnes relations avec votre fille ?

— Excellentes. Il en était fier, répondit Valérie avec contentement. Elle est effondrée en ce moment et elle est rentrée momentanément à la maison avant ses examens de fin d'année.

À son tour, Darcival caressa en silence le bois verni de la barre, semblant y chercher la nature de la question suivante.

— Il faisait partie du syndicat professionnel des pêcheurs, cela lui prenait-il beaucoup de temps ?

— Une réunion à Quimper une fois par trimestre tout au plus, le reste se faisait par téléphone ou par courrier, dit Valérie en rassemblant ses affaires et en se dirigeant vers la porte.

— Une dernière question. Pouvez-vous me dire dans quelle commission il siégeait ?

— La commission de l'aménagement du territoire avec deux autres conseillers comme lui.

Ils descendirent sur le quai après qu'elle eût fermé la passerelle. Yann repasserait peu de temps après pour remettre l'Albatros au mouillage. Valérie lui écrivit sur un petit bout de papier les noms, adresses et numéros de téléphone des deux conseillers et ils se quittèrent. En regardant vers la mer, on voyait le quai Aviso Vauquois où les caseyeurs fileyeurs rentraient de leur journée de pêche, ballet de couleurs vives des bateaux fraîchement repeints. Les caisses de tourteaux s'entassaient et étaient aussitôt chargées pour être livrées aux mareyeurs, grandes surfaces et poissonniers.

Darcival rentra à pied à sa chambre d'hôte et suivit pour cela la ria au plus près jusqu'à la passerelle.

En chemin, il tomba sous le charme des vieilles maisons du quai du Drellach. La maison des Seigneurs, fière, habillée de son échauguette, dominait la mer, joliment perchée. Les vieilles pierres de pavement des cales, témoins de générations de pêcheurs et d'une vieille marine à voile, brillaient d'un récent crachin. Sur sa droite, une ancienne habitation de pêcheurs égayait l'endroit d'une multitude de fleurs disposées sur les marches de l'escalier extérieur menant au premier étage. Concert de roses, violets, lilas, rouges sur fond de granite.

XVII

La passerelle du Croaë avait disparu. À sa place, des pontons se succédaient, bien alignés, parallèles, le long desquels des voiliers étaient amarrés. Les petites plages bordant la ria avaient disparu au profit de quais fleuris. Le port de plaisance se finissait par une digue permettant le passage des voitures vers la presqu'île de Kermorvan où une partie du camping avait été aménagée en parking. Darcival leva les yeux de la tablette que tenait devant lui Jacques Patissier, conseiller municipal au Conquet, et compara les images de synthèse avec la réalité. Changement de décor !

Postés tous les deux au beau milieu de la passerelle qui reliait la ville du Conquet à la presqu'île et sa grande plage des Blancs-Sablons, ils se turent un moment. À leurs pieds, des pêcheurs à pied fouissaient la vase et le sable avec leurs outils. Dans un filet d'eau serpentant vers la mer, des tadornes de Belon se laissaient porter par le léger courant, fiers, conscients de ravir les yeux de ceux qui les regardaient. Des goélands passèrent, planant avec agilité dans l'air calme du matin en poussant leurs plaintes habituelles.

— Ah oui ! On change de perspective ! lâcha Darcival à l'adresse du conseiller qui se tenait silencieux à ses côtés. Depuis que le gendarme lui avait rendu visite à son domicile, il n'en menait pas large, inquiet de la tournure que prenaient les événements. Propriétaire d'un bar de nuit à Brest, Darcival l'avait convaincu de coopérer s'il ne voulait pas que l'on mît le nez dans ses affaires.

C'est ainsi qu'il consentit à lui raconter leur rencontre avec le promoteur du projet du port de plaisance, un homme riche et influent. Discrètement, ce dernier les avait invités, Jo et lui dans un restaurant de la côte. Habilement, il s'était intéressé à eux, témoignant de l'intérêt pour leurs activités professionnelles. De fil en aiguille, ils avaient parlé de leurs difficultés, notamment financières.

Puis, abordant le sujet de la vitalité économique de la commune, il leur avait présenté les bienfaits d'un projet touristique d'envergure et ce qu'ils auraient à y gagner. En définitive, quand ils en furent au dessert, ils n'en savaient pas beaucoup plus sur le projet mais le promoteur avait su les faire rêver et surtout, il leur avait fait miroiter de l'argent facile.

Il se passa trois mois pendant lesquels ils n'eurent aucune nouvelle. Entre-temps, lui, Jacques Patissier, avait eu à subir un contrôle fiscal qui le mit sérieusement en difficulté avec à la clef un redressement judiciaire. De son côté, Jo connut des avaries techniques sur le moteur de l'Albatros, qui le contraignirent alors à rester à quai pendant une quinzaine de jours, avec le manque à gagner que cela représentait pour l'entreprise. Puis, soudain, ils reçurent tous deux une invitation à passer à son domicile. Pour pouvoir y aller, Jo dut se faire remplacer à bord par son chef mécanicien.

Monsieur Brighton, le promoteur, les reçut dans un joli manoir restauré de la côte. Après avoir échangé les banalités d'usage, il entra dans le vif du sujet et pour cela ils s'installèrent dans un home cinéma flambant neuf.

Confortablement assis dans de vrais fauteuils de salle, après que la lumière fut éteinte, ils se retrouvèrent à survoler la ria du Conquet mais pas celle qu'ils connaissaient. À la place, sous leurs yeux s'étendait une marina avec à terre ses commerces, ses parkings. À donner le vertige.

Il les rassura en leur précisant qu'il s'agissait en l'état d'un projet et qu'on pouvait envisager tous les aménagements possibles, dans un sens comme dans l'autre. Il voulait simplement les sensibiliser à l'intérêt économique pour la région et pour eux personnellement, d'une telle conversion.

— Si j'ai bien compris, dit Darcival, il cherchait à ce que, une fois rentrés, vous vous appropriez le projet et que vous commenciez à en parler aux membres du conseil de même qu'au maire pour que l'idée fasse son chemin et ainsi obtenir petit à petit l'adhésion du plus grand nombre.

— C'est tout à fait ça ! s'exclama Jacques Patissier. Pour cela, il nous a offert à chacun une tablette sur laquelle était enregistré ce que nous venions de voir.

— Que s'est-il passé ensuite ?

Au lieu de répondre, Jacques Patissier se mit à marcher vers la presqu'île, donnant çà et là des coups de pied dans des petits cailloux qui traînaient par terre. Il poursuivit son récit en parvenant de l'autre côté de la passerelle.

— Après nous avoir entretenus précisément des retombées économiques pour la région, il nous a proposé de rester manger. Son épouse présente nous a réservé le meilleur accueil…

Il ne termina pas sa phrase et baissa la tête, embarrassé.

— Et ? insista Darcival.

Jacques Patissier se racla la gorge et reprit :

— Jo était un de mes meilleurs amis, je le connaissais très bien et je n'aimerais pas en dire du mal… Il aimait les femmes, comme tous les hommes les aiment… mais lui peut-être un peu plus, je ne sais pas.

— Vous voulez dire qu'il trompait sa femme ? demanda Darcival.

— Oh non, je ne dirais pas ça ! Il était comblé avec Valérie. Toujours est-il que la femme du promoteur lui fit du rentre-dedans, si vous voyez ce que je veux dire et Jo est entré un peu dans son jeu, pour s'amuser peut-être, à moins que ce ne fût par défi. Il faut dire aussi que cette madame Brighton avait un charme fou, un peu latin vous voyez ? Comme Valérie mais plus grande, plus sensuelle, pulpeuse. Elle portait aussi sur elle l'appartenance à un monde plus cultivé, plus sophistiqué, plus mondain. Jo avec sa tignasse, sa gueule et sa corpulence… Le problème c'est que monsieur Brighton s'en est aperçu et je pouvais lire la jalousie sur ses traits. Il contractait les maxillaires, le regard mauvais. Un moment, j'ai eu peur pour Jo. Dans les yeux du mari, il y avait comme une envie de meurtre. En une fraction de seconde, j'ai relié l'homme blessé que j'avais en face de moi à ce dont il semblait capable. J'ai repensé à mes ennuis avec le fisc et à l'avarie de moteur de l'Albatros. Et si c'était lui ? Aussitôt, j'ai essayé de capter l'attention de Jo, de faire diversion mais cela n'a pas été facile.

— Vous pensez vraiment ce que vous dites quant à la dangerosité de monsieur Brighton ?

Jacques le regarda dans les yeux, soulagé d'une certaine façon d'avoir pu raconter tout ça.

— Oui, reprit-il dans un souffle avant de rajouter, mais n'en parlez à personne ! Et pour le bar, vous me laissez tranquille ? J'ai déjà eu ma dose d'emmerdements. Je vais démissionner du conseil et me faire oublier, tout ça me dépasse.

Darcival ne répondit pas directement à sa question, se contentant rajouter :

— Rassurez-moi, il ne vous a pas versé de pots-de-vin ?

Au regard affolé de Jacques, il comprit de suite que non.

XVIII

Après avoir raccompagné Jacques jusqu'à sa voiture, Darcival rejoignit sa chambre d'hôte chez madame Guiclan. En chemin, il chercha à joindre monsieur Brighton mais on lui apprit que ce dernier effectuait un voyage d'affaires à l'étranger. Il ne serait de retour que dans deux jours. Cela me laisse un peu de temps libre, pensa-t-il.

Le vent était tombé et le soleil matinal arrosait de lumière le petit port de pêche. Au loin, il aperçut le bateau d'Ouessant qui quittait le quai Aviso Vauquois. Les touristes commençaient à arriver nombreux et les rotations vers les îles s'intensifiaient. Il trouva son hôtesse installée sur son banc de pierre fétiche, le dos appuyé contre le mur de la maison. Dans les mains, elle égrenait les grains d'un chapelet de buis, les yeux perdus dans le vague, psalmodiant des prières. Sans un mot, il s'assit près d'elle, s'abandonnant un instant au cadre bucolique. Il ferma les yeux et entendit le bruit des vagues qui s'écrasaient sur la plage des Blancs-Sablons toute proche.

Quand il lui sembla qu'elle reprenait contact avec

la réalité, il se risqua à émettre un commentaire sur le temps qu'il faisait. La réponse qu'elle lui fit, semblant augurer d'une bonne faculté d'écoute et d'échange, l'enhardit à poursuivre :

— Ce n'est pas vous qui me parliez hier ou avant-hier d'un projet immobilier d'envergure dans le pays du Conquet ?

— Je ne m'en souviens pas ! Pourquoi cette question ? demanda-t-elle, surprise.

— Il me semblait que c'était vous… C'est le paysage, là, sous mes yeux qui m'y fait penser. Ce serait dommage de le gâcher…

— Ah, pour sûr, oui, ce serait dommage, comme vous dites ! Ils ont bien essayé, par le passé. Un projet de fou ! Un plan d'eau de 75 hectares, un port de plaisance, une école de voile, un gigantesque lotissement… mais c'est tombé à l'eau ! Les gens n'étaient pas d'accord. Ils en ont même parlé à la télévision dans l'émission "*La France défigurée*". Heureusement, le Conservatoire du littoral a acquis le site de la presqu'île de Kermorvan en 1978 après qu'elle ait été classée par décret. Je me souviens que les dunes étaient en piteux état à l'époque mais depuis ils ont planté des oyats et mis des clôtures et aujourd'hui, elles sont à nouveau belles.

— Et depuis ce temps, il n'en a plus été question ? insista Darcival.

Elle se tourna vers lui et lui dit, agacée, sur un ton sans appel :

— Mais puisque je vous dis que maintenant c'est classé ! Allez, moi il faut que j'aille préparer le repas de midi !

Elle se leva avec énergie et Darcival la suivit dans la maison. Patient, il s'assit à la table de la cuisine et la regarda s'affairer autour de ses casseroles et autres ustensiles. Au bout de dix minutes environ, elle s'installa en face de lui et déplia un vieux journal sur lequel elle entreprit la pluche des légumes. Sans un mot, concentrée sur sa tâche, ses mains noueuses et osseuses tournaient et épluchaient les tubercules, hachaient les feuilles des poireaux, le tout avec méthode et rapidité.

Il s'amusa à calculer la quantité approximative qu'elle avait ainsi transformée en soupe et autres plats au cours de son existence. Le visage de la vieille dame, apaisé, semblait prier. Alors qu'elle jetait une pomme de terre dans la gamelle, devant elle, elle dit soudain :

— Une voisine m'a donné des nouvelles de la mère de Jo.

Darcival attendit la suite mais madame Guiclan se tut, les yeux baissés sur son travail. Patient, il attendit, certain qu'elle allait continuer. Quand elle se leva pour aller plonger ses légumes dans l'eau de l'évier, elle ajouta :

— Elle ne va pas bien, elle aurait fait une petite attaque et serait hospitalisée à Brest. Faut dire aussi que la pauvre femme n'a pas été épargnée ces derniers jours ! Décidément, elle n'aura jamais eu de chance.

— Ah bon ?

— C'est juste une rumeur mais il paraîtrait que ses parents l'auraient fait accoucher sous X quand elle n'avait que 19 ans. Ensuite, elle a perdu son mari alors que Jo n'était encore qu'un enfant. Et maintenant, son fils meurt assassiné et son petit-fils décède dans un accident de moto, la même semaine !

On frappa à la porte. Darcival n'eut pas le temps de se retourner que Desprès entrait déjà dans la pièce en disant :

— Antoine Fauconneux s'est échappé au cours d'un transfert vers le palais de justice de Brest !

— Et bien pour une surprise, c'en est une ! OK, j'arrive. Je ne mangerai probablement pas là ce soir ! dit-il à l'adresse de madame Guiclan en suivant sa collègue à l'extérieur. Par contre, pourriez-vous me préparer un panier-repas pour demain ? Je compte me lever très tôt, vers 2 heures du matin environ, j'embarque sur l'Albatros pour une journée de pêche en mer.

— Drôle d'idée de passer une journée de congé comme ça ! Vous allez avoir le mal de mer ! dit madame Guiclan sèchement. Vous croyez que c'est une partie de plaisir ?

Darcival ne répondit pas, se contentant de lui sourire en retour. Quand ils furent dehors, il entraîna Desprès vers la plage toute proche. Sur leur gauche, les cyprès qui bordaient le fort accompagnaient du mouvement ample de leurs branches la brise marine. Le bruit des vagues s'intensifia, régulier, et soudain la grande étendue de sable blanc s'étala sous leurs yeux. Un cavalier galopait dans l'écume, droit comme un i sur un bel alezan. Depuis quatre jours qu'il était là, la respiration bruyante de la mer dans l'anse des Blancs-Sablons accompagnait ses journées et là, enfin, il pouvait la voir. Sur leur gauche, tout au bout de la petite baie, un autre ensemble de fortifications en ruines veillait, relié au continent par une petite passe de cailloux qui se laissait recouvrir à chaque marée haute.

— Vous n'étiez pas encore venu ici ? demanda Després, elle aussi sous le charme de l'endroit.

En guise de réponse, Darcival se contenta d'inspirer à grands poumons en dégageant bien les bras en arrière puis il relata à Després le contenu de son entrevue avec le conseiller municipal. Cette dernière réagit en disant :

— Je ne comprends pas cette histoire de port de plaisance ! Le site est classé comme vous le faisiez remarquer alors à quoi bon tout ça ? De toute façon, ça n'aurait pas abouti !

— Tiens ! Le vouvoiement ! Je croyais que nous avions convenu le tutoiement ? fit remarquer Darcival en souriant.

— Pardon, c'est l'habitude ! Oui, comme je le disais, le projet était voué à l'échec.

— Va savoir, peut-être que des influences en haut lieu auraient pu en avoir raison. Les arcanes du pouvoir… l'argent, les relations… En tout état de cause, il s'agit là d'une autre composante de ce qui gouverne aussi le monde, le sexe et la jalousie. Enfin, on tient un mobile tangible pour le meurtre de Jo.

— Si c'est le cas, il y a encore des éléments qui nous échappent, s'il y a eu consommation, si j'ose dire, entre la femme de Brighton et Jo. Or, ce n'est pas le tableau qu'on croyait avoir jusqu'à présent. Dans le cas contraire, je peine à imaginer qu'on tue juste par jalousie !

Tu as peut-être raison. C'est pour cela qu'il va falloir que nous rendions une petite visite à ce monsieur Brighton dès qu'il sera rentré de l'étranger.

XIX

Sitôt arrivés sur Brest, les deux gendarmes se séparèrent, travaillant chacun sur un volet de l'affaire. Pendant que Darcival allait au commissariat de la rue Colbert pour avoir des précisions sur l'évasion de Fauconneux, Després se rendit au chevet de la mère de Jo à l'hôpital de la Cavale Blanche.

Elle trouva cette dernière dans une chambre seule du service de cardiologie, allongée sur le lit, le regard absent. Le chef de service lui avait bien recommandé de ne pas trop la fatiguer. Victime d'un infarctus, le syndrome du cœur brisé en l'occurrence, elle avait dû son salut à une voisine venue lui rendre visite inopinément. Sur un écran, une sinusoïde affichait les paramètres vitaux. Després compara le serpent luminescent dansant au fil auquel étaient suspendues nos vies.

Darcival lui avait demandé de se renseigner sur son passé de façon à vérifier les dires de madame Guiclan quant à l'accouchement sous X. L'affaire laissait si peu d'indices qu'il ne fallait rien négliger, ratisser large, tel était le maître mot.

Perfusée dans chaque bras, la rescapée paraissait

très fatiguée comme si elle portait tout le poids du monde. Després se fit la réflexion qu'elle ne ressemblait en rien à son fils. Ah si ! Elle remarqua un vitiligo, une dépigmentation de la peau de la taille d'une pièce de deux euros à la base du cou, juste sous l'oreille droite. Cette tache blanche, elle l'avait déjà vue sur une photo de Jo Le Mestrel et cela l'avait surprise. Curieuse, elle s'était aussitôt renseignée et avait appris le terme médical pour le désigner.

Autant Jo était grand et fort, autant la silhouette de sa mère qu'on devinait sous les draps semblait frêle. De la même façon, si son fils affichait un visage carré et puissant aux traits taillés à la hache, elle, au contraire, avait un visage fin et ovale agrémenté de lèvres ourlées et charnues tout en proportion avec le reste. Ses cheveux qu'elles teignaient en châtain clair laissaient apparaître des racines blanches. La peau portait les stigmates de la douleur. Elle s'affaissait et se ternissait sous les assauts répétés des drames et des larmes. Les yeux, fatigués de pleurer, exprimaient lassitude et détresse derrière le vert des iris.

Després se présenta et s'assit au bord du lit en lui proposant de lui servir un verre d'eau. Puis, en le lui tendant, elle commença ainsi :

— L'enquête est difficile pour trouver l'assassin de votre fils, c'est la raison pour laquelle nous cherchons le maximum d'informations sur lui et tous ceux avec qui il était en rapport. Les événements récents montrant que ce n'est pas suffisant, nous avons besoin de mieux connaître votre histoire familiale.

Després marqua un silence et lui répéta, en mettant les formes, ce que madame Guiclan leur avait appris concernant la première grossesse. La voyant qui prenait ces derniers mots comme autant de projectiles à la figure, Després repensa aux recommandations que lui avait faites le médecin tout à l'heure, avant d'entrer dans la chambre. La ménager, elle était très fragile.

Elle jetait un coup d'œil furtif sur le scope où le trait vert s'affolait quand la pauvre femme parla d'une voix faible et flûtée.

— Je suis rattrapée par mon passé, moi qui croyais que le secret avait été bien gardé, que personne ne savait… Quand j'avais seize ans, je vivais avec mes parents dans le quartier de Saint-Martin à Brest. Je suivais les cours au lycée de Kérichen où j'ai rencontré un garçon. Fous amoureux, on a vécu d'amour et d'eau fraîche et à l'époque, comme on ne se protégeait pas, je suis tombée enceinte. Ma grossesse ne s'est pas vue jusqu'au sixième mois environ. Je l'avais cachée à mes parents et à mon petit ami. Un déni de grossesse en quelque sorte. Quand cela s'est vu, ce fut terrible. Mes parents, effondrés, m'ont persuadée, ou obligée – je suis incapable de le dire – à m'en séparer. Comme il était trop tard pour envisager un avortement, je suis allée jusqu'au terme et j'ai accouché sous X à l'hôpital de

Brest. Auparavant, mon amoureux avait déménagé avec ses parents et, d'un commun accord, nous avions rompu donc il n'a été au courant de rien. On ne s'est plus jamais revus depuis. J'avais réussi à mettre cet épisode de ma vie entre parenthèses jusqu'à aujourd'hui. Maintenant tout remonte à la surface et je me sens coupable. J'ai honte. J'ai un deuxième fils quelque part, que je ne connais pas et que j'aurais dû aimer comme doit le faire une mère… comme je l'ai fait pour Jo…

Sur ces mots, elle se tut et des larmes coulèrent de ses yeux perdus dans le vague.

Pendant ce temps, au commissariat central de la ville, Darcival apprit les circonstances de l'évasion de Fauconneux.

Alors qu'on le transférait de la maison d'arrêt vers le palais de justice pour y rencontrer le juge, le prévenu manifesta des signes d'impatience exigeant qu'on le laisse aller se soulager. Durant tout le trajet, il insista, se plaignit, menaçant de se laisser aller, là dans la voiture qui les conduisait. Sitôt arrivés à destination, on l'accompagna où il le souhaitait, laissant devant la porte un policier en faction. Au bout de dix minutes, le fonctionnaire l'appela à travers la porte mais il n'obtint aucune réponse. Craignant qu'il n'eût un malaise, on se résolut à enfoncer la porte et on trouva derrière un WC vide ! La petite fenêtre avait été ouverte et il s'était échappé par là.

— L'ouverture qui donnait sur l'extérieur n'était pas protégée, par une grille ou des barreaux ? demanda Darcival à l'inspecteur qui lui en faisait le récit.

— Comme les toilettes protégées étaient toutes occupées, on l'avait conduit dans celles réservées au personnel du palais… Il ne lui a pas fallu longtemps pour comprendre que cette opportunité ne se reproduirait pas de sitôt.

— Je me demande si ce n'était pas prémédité ! Il n'aurait pas pu bénéficier d'appuis sur place ?

— On y a pensé et on y travaille.

— De notre côté, reprit Darcival, on surveille son domicile vingt-quatre heures sur vingt-quatre. Et à part ça ?

— Rien du tout, les stups ont pris l'affaire en charge quand il s'est échappé…

XX

À 2 heures de matin, Darcival se rendit à pied au port de pêche du Conquet. La ville endormie ne laissait rien entendre si ce n'est les drisses claquant contre les mâts des voiliers. Devant lui, l'éclat lumineux du phare de Kermorvan trouait la nuit à intervalles réguliers.

Arrivé à la cale Saint-Christophe, il chercha des yeux l'Albatros. Il parvint, non sans difficulté, à le voir, encore au mouillage. Il n'était pas en retard. Sur le quai, juste derrière lui, il entendit qu'on l'appelait. Il se retourna et vit Yann qui venait à sa rencontre.

— Vous ne vous êtes pas dégonflé, c'est bien ! On y va ? dit-il d'un ton alerte avant de l'entraîner vers la cale où les attendaient les deux autres membres de l'équipage.

Les uns après les autres ils prirent place dans la frêle embarcation. Darcival nota que leur poids les enfonçait dangereusement dans l'eau. Il ne faudrait pas un faux mouvement, pensa-t-il un peu inquiet, je ne suis pas trop adepte du bain de nuit. Yann les éloigna de la terre ferme en prenant puissamment appui sur la gaffe puis il se saisit de la rame qu'il installa dans la dame de nage. Il entama alors un savant mouvement et godilla vers leur objectif, à une trentaine de mètres environ.

À bord, personne ne parlait. On entendait juste leur glissement sur l'eau, le clapotis sur les coques toutes proches et le frottement de la rame sur l'annexe. Chacun tenait sur ses genoux ses affaires et son repas de midi. L'incandescence des cigarettes sur lesquelles les hommes tiraient, éclairait leur visage par intermittence. En allumant la sienne, Darcival repensa à sa surprise, tout à l'heure, quand il avait croisé madame Guiclan dans la cuisine. Comme autrefois, quand son mari vivait encore, elle s'était levée pour donner le repas et souhaiter une bonne journée au marin pêcheur matinal qu'il personnifiait aujourd'hui à ses yeux. Prenez garde à vous, lui avait-elle dit sur le pas de la porte, avant de le laisser partir dans la nuit.

Dans l'obscurité, ils se frayèrent un passage entre les ombres imposantes des bateaux de pêche qui dansaient sur leurs amarres, tirant sur les corps-morts qui les reliaient encore au rivage, impatients de prendre le large et de sauter dans les vagues. Toujours sans un mot, ils montèrent à bord. Darcival enfila ses bottes, son ciré et déposa ses affaires à la passerelle. Soudain, sous ses pieds, il sentit le cœur de l'Albatros battre au rythme des pistons du gros moteur diesel, le départ était imminent. Michel tenait la barre et parlait dans la VHF pendant que Yann et Kévin s'activaient sur le pont, prêts à larguer les amarres.

La fraîcheur de la nuit lui fit relever la fermeture éclair de sa veste. Les odeurs de gas-oil et de marée mêlées l'envahirent tout entier et il inspira un bon coup, à fond, emplissant ses poumons de l'aventure à venir. Il se sentait comme un enfant, tout excité à l'idée de ce qu'il allait vivre, avec juste ce qu'il faut d'appréhension pour savourer encore plus l'instant. Le bruit du moteur s'intensifia, et le bateau quitta son mouillage pour le large. Pour cela, il dut passer avec prudence entre les autres bateaux à vitesse réduite, au milieu de la pénombre dans laquelle jouait le phare de Kermorvan.

Quand ils doublèrent le bout de la jetée de Sainte-Barbe, l'air du large lui fouetta le visage. Sur sa droite, il distinguait la presqu'île de Kermorvan. De son sac, il sortit une paire de jumelles infrarouges et les braqua dans cette direction. Lentement, il suivit le contour de la côte en progressant vers le phare. Soudain, il distingua une silhouette, à peu près au même endroit que celui où s'était tenu l'assassin de Jo Le Mestrel. Bien campé contre le bastingage, compensant le jeu des vagues par un savant jeu de jambes, il refit le point, cherchant à avoir la meilleure netteté. Dans la cabine, vissé à la barre, Michel, le mécanicien le regardait sans mot dire tout en gardant le cap.

Ils allaient au-delà de la chaussée des Pierres Noires, à l'ouest-sud-ouest de la pointe Saint-Mathieu, au même endroit que le jour du meurtre de Jo.

Subitement, Darcival rangea ses jumelles dans son étui. Ce qu'il avait pris pour un fusil dans les mains du promeneur nocturne s'avéra en fait être une canne à pêche. Il le comprit quand il vit le pêcheur effectuer un lancer.

Maintenant l'Albatros avait pris de la vitesse et à la passerelle on était bercé par le mouvement de la proue s'enfonçant mollement dans une mer peu formée et par les chuintements de l'écume le long de la coque. Michel proposa à Darcival d'aller s'allonger un peu dans une bannette.

— Quand on aura doublé la pointe Saint-Mathieu ! répondit ce dernier. Je veux voir le phare de près et l'entrée de la rade de Brest la nuit !

Pour toute réponse, Michel fit un hochement de tête. Yann les rejoignit et s'installa près d'eux, un œil sur l'écran du radar. Au loin, ils distinguèrent une masse sombre surmontée de lumières de position et constellée de rangées de hublots brillants, un ferry rentrant d'Espagne.

Sur la gauche, l'éclat lumineux de la sentinelle des mers trouait la nuit toutes les quinze secondes, rassurant. Juché sur sa falaise, le phare de Saint-Mathieu veillait. Tout à sa contemplation, Darcival repensa à son père. Ils avaient partagé tous les deux cette attirance et cette fascination pour l'univers de la mer. Pendant les vacances, qu'ils passaient tous les étés en Bretagne, ils ne comptaient pas les heures devant l'océan. Silencieux l'un et l'autre, les goélands, les bateaux et leurs marins, l'odeur des algues, le ressac les transportaient loin, très loin dans leurs rêveries. Nul besoin de parler, seule la magie de l'instant dans une certaine forme d'intemporalité.

Le froid nocturne, le bruit lancinant du moteur, le pétillement de l'écume le long de la coque, l'engourdissaient peu à peu et il frissonna. À la passerelle, Michel, le regard vissé sur son cap, tirait sur sa cigarette, buvant de temps à autre une gorgée de café. Yann était allé se coucher et il décida d'en faire de même.

Allongé dans la bannette, il ne parvenait toutefois pas à trouver le sommeil. Ses pensées se télescopaient. Une fois n'est pas coutume, l'occasion lui était offerte aujourd'hui de partager ce que fut le quotidien d'une des victimes sur lesquelles il enquêtait.

Pour autant, il nageait toujours en plein brouillard. Pourvu que leur visite chez Brighton porte ses fruits et fasse avancer les choses… Sans pouvoir l'expliquer, il s'endormit en pensant à Despré s.

Trois ou quatre heures plus tard, le changement de régime moteur le réveilla. Il s'extirpa non sans difficulté de sa bannette et monta à la passerelle. Il avait besoin d'un café. L'effervescence régnait à bord alors que le jour se levait doucement colorant la mer d'un bleu gris laiteux. Noyé dans une légère brume, l'Albatros vint se placer au plus près de la bouée rose que Yann attrapa à l'aide d'une gaffe. Se saisissant de l'orin qui y était fixé, Kévin le fixa au treuil et attendit. On s'apprêtait à remonter à bord la filière de 70 casiers. Équipé comme ses compagnons de travail, Darcival se tenait prêt, attendant les directives.

Yann lui demanda de se tenir près de la table de filage et de hisser dessus les casiers à mesure qu'ils arriveraient du fond puis de les faire glisser sur sa gauche où lui, Yann, les délesterait des crabes qu'ils contenaient.

Sans plus attendre, le treuil fut actionné et les trois hommes, attentifs, guettaient la remontée du premier casier. Soudain, plus rapidement qu'il ne s'y attendait, la masse noire troua la surface laissant filer l'eau par tous ses trous et Darcival eut tout juste le temps de s'en saisir. Surpris par le poids et l'effort physique que cela demandait, il comprit alors la dureté du travail. La liberté se payait au prix fort, pensa-t-il, alors que Yann en sortit deux gros tourteaux. Les crustacés, surpris par le changement de milieu, se débattaient dans la caisse où on les avait jetés, laissant entendre le bruit de leurs pinces et de leur carapace sur le plastique. Peu de temps pour la rêverie, le deuxième s'annonçait déjà, puis le troisième et ainsi de suite jusqu'à ce que la filière soit tout à fait remontée à la surface, terminée par l'ancre Marrel qui la maintenait au fond.

Les crabes, logés dans leurs caisses, agitaient leurs mandibules et leurs pinces, promenant sur le pont leurs petits yeux noirs et exposant au soleil matinal leurs robes calcaires d'un orange flamboyant.

XXI

Un crachin poisseux collait aux paysages agricoles qu'ils traversaient. Champs de maïs, pâtures, champs de choux-fleurs, tout semblait uniforme et sans relief. Dans la voiture, Darcival avait mis la radio en sourdine. Comme d'habitude, Després conduisait. Seul sur la route, le véhicule roulait dans la matinée humide à coups d'essuie-glaces. À l'intérieur, au sec, les deux gendarmes ne parlaient pas.

Depuis le début de leur enquête, ils avaient pris des habitudes sans se concerter. Naturellement, ils respectaient les moments de silence de l'un et de l'autre. Leur passage au tutoiement facilitait les choses et leur relation commençait à déborder du cadre strictement professionnel. Ainsi, poussé à la confidence, Darcival s'était-il confié sur le deuil qu'il vivait en ce moment et il lui avait semblé que son témoignage l'avait émue.

Un panneau indiqua Brélès, cinq kilomètres. Ils étaient presque arrivés au manoir de monsieur Brighton. Ce dernier était rentré de l'étranger la veille au soir et aussitôt ils l'avaient averti de leur passage ce matin. Comme le conseiller le leur avait dit, la demeure ne manquait pas de charme. Les massifs et allées bien dessinés, les couleurs des fleurs et les volumes donnés à la végétation parvenaient même à se jouer du temps en égayant l'endroit. La profession est rentable, fit remarquer Després, émettant un sifflement admiratif. Darcival ne répondit pas, se contentant d'imaginer le temps nécessaire à consacrer pour arriver à ce résultat et surtout le coût de la main-d'œuvre.

Brighton vint lui-même leur ouvrir après qu'ils se fussent présentés à la lourde porte d'entrée. Grand, mince, vêtu d'un complet blanc de bonne facture, l'homme semblait les regarder de haut, visiblement peu impressionné par leur visite. Ses cheveux soyeux gris clair ondulaient librement, encadrant un visage que terminait une mâchoire carrée. Si le haut était celui d'un séducteur, le bas en revanche traduisait une détermination farouche. Manifestement, commander lui était habituel et familier, de sorte qu'il s'accommodait mal de la situation présente. Derrière lui, se tenant un peu en retrait, une quadragénaire comme lui, à coup sûr son épouse, suivait la scène, se contentant de suivre.

Diable ! Comme elle est belle, admira Darcival. Son port de tête et plus généralement son maintien trahissaient le fruit d'une éducation sans faille de même que l'appartenance à un milieu aisé. L'élégance à la française, pensa-t-il, pas étonnant que Jo Le Mestrel ait pu tomber sous le charme. S'oubliant un peu à la contempler, il nota subrepticement le regard désapprobateur, pour ne pas dire hostile de Brighton, ce qui le ramena brutalement à la réalité.

— Suivez-moi dans mon bureau, nous y serons plus tranquilles ! fit sèchement ce dernier en leur montrant le chemin et en laissant comprendre à son épouse qu'elle était désormais de trop.

Le bureau du promoteur racontait à lui seul son histoire. Dans la pièce aux dimensions impressionnantes étaient exposées les maquettes de ses plus belles réalisations immobilières. Il invita les deux gendarmes à prendre place en face de lui et attendit. Darcival prit la parole et exposa la raison de leur visite, reprenant ce que leur avait dit Jacques Patissier mais sans aborder la jalousie supposée de Brighton. Ce dernier écoutait, les mains jointes posées à plat sur le plateau du bureau devant lui. Il laissa finir Darcival sans l'interrompre avant de prendre la parole à son tour.

— Si je comprends bien, je fais partie de la liste des suspects dans votre affaire. En premier lieu, sachez que je me trouvais avec mon épouse à Paris au moment des faits, je suis amené à me déplacer beaucoup pour mes affaires et ma compagne en profite pour sortir dans la capitale. Vous pourrez le vérifier aisément, mon comptable vous fournira les preuves nécessaires, factures d'hôtel et cætera. Des clients avec qui je me trouvais pourront aussi témoigner en ma faveur. Pour revenir au meurtre de Jo

Le Mestrel, vous n'imaginez quand même pas que je traite mes affaires à coups d'arme à feu ! Je les mène en toute légalité. D'ailleurs, dans le cas présent j'avais simplement approché des élus locaux pour les informer du bien-fondé, d'un point de vue économique pour la région, de la réalisation d'un tel projet de port de plaisance. Je ne travaille pas dans le monde des “bisounours”, je produis de la valeur ajoutée et je m'enrichis au passage, je trouve ça tout à fait normal. Vous savez, je me suis fait tout seul et je suis plutôt fier de ma réussite.

Darcival sentit que l'entretien prenait une tournure qui allait les mener dans le mur. L'homme paraissait sûr de son fait, tout au moins s'agissant de tout ce qui se rapportait à son travail et à ses pratiques. Certainement bien introduit dans les milieux économiques et politiques locaux et au-delà, il jouissait d'une crédibilité et de la protection nécessaire pour ne pas être inquiété. Changeant de stratégie, Desprès aborda l'autre mobile, celui de la jalousie. Subitement, Brighton perdit un peu de son sang-froid et répliqua agacé :

— Qu'est-ce que c'est que cette histoire ?

— Y aurait-il pu y avoir une relation entre votre femme et Jo Le Mestrel ? compléta Darcival.

— Vous marchez sur la tête ! Vous me parlez du remake de la Belle et la Bête, c'est ça ?

— Pas du tout. Nous faisons juste notre travail, nous recherchons la vérité. D'ailleurs, j'aurais aimé que vous me confiiez les armes exposées dans le râtelier, là ! dit Darcival en les indiquant du doigt.

Pour ce que Darcival put en juger, il s'agissait de fusils d'assaut. Il reconnut un M16, une Kalachnikov, un AK 47 et un Famas. Belle collection, estima-t-il.

— Bien entendu, vous avez les autorisations nécessaires pour détenir de telles armes chez vous !

Il eut à peine le temps de finir sa phrase que Brighton sortit d'un tiroir le document qui l'attestait. Puis, toujours sûr de lui, le promoteur prit une petite clef dans une boîte laquée avec laquelle il ouvrit le meuble mural. Un à un, il tendit alors les fusils aux policiers en disant :

— Je fais partie d'un club de tir à Brest. Prenez-les si vous voulez mais rapportez-les-moi pour ce week-end, j'en aurai besoin.

— Ce sera à nous d'en juger mais on fera le maximum, cela dépendra des services balistiques. Votre épouse partage-t-elle votre passion ? demanda Després.

— Pas du tout ! Elle déteste les armes à feu. Écoutez, je vous assure que je ne suis pour rien dans cette affaire. Alors oui, je brasse beaucoup d'argent, je réalise des projets qui ne font pas toujours l'unanimité mais je suis toujours réglo, dans le respect de la loi. Je ne suis pas aux abois, mes finances sont saines, vous pouvez contrôler mes comptes personnels et ceux de ma société. En toute franchise, vous perdez votre temps et pour ce que vous insinuez au sujet de ma femme, c'est ridicule.

Darcival se risqua à poser une dernière question :

— Qu'en est-il actuellement du projet de la marina ?

— Vu les circonstances, je l'ai remisé dans un tiroir. Nous verrons plus tard quand les esprits se seront calmés.

*

* *

Pressé d'obtenir les résultats de la balistique, Darcival avait lourdement insisté pour que son expertise soit traitée en priorité. Si tous les alibis de Brighton s'avérèrent exacts et conformes à ce qu'il avait prétendu, pour autant la présence d'un fusil d'assaut M16 chez lui constituait une coïncidence troublante, pensa le gendarme. C'est la raison pour laquelle il fallait savoir si l'arme avait servi ou non à tuer Jo Le Mestrel. Si c'est le cas, supposa Darcival, où cela va-t-il nous mener ? Crime commandité ? Trop simple. Brighton n'est pas stupide au point de prêter son arme au tueur.

Le reste de la journée, après leur visite chez le promoteur à Brélès, ne leur apprit rien de plus. Ils piétinaient. L'enquête restait au point mort tant qu'on n'avait pas les résultats du labo.

Ils les reçurent le lendemain matin à la première heure. Les deux gendarmes exultèrent en en prenant connaissance. Le fusil d'assaut M16 était bien à l'origine de la balle meurtrière. Calibre 5,56 mm. L'arme permettait d'atteindre une cible à trois cents mètres et plus.

— Enfin on a quelque chose à se mettre sous la dent ! laissa échapper Darcival en proie à l'excitation. Je convoque Brighton de suite, rajouta-t-il en se saisissant du téléphone.

À l'autre bout du fil, le promoteur tomba des nues criant au complot et à la machination, assurant qu'il ferait jouer ses relations. Darcival tenta de le calmer, lui intimant de se rendre à la gendarmerie dans l'heure.

Després qui jouait avec ses cheveux, glissant son index dans une boucle au-dessus de l'oreille droite vint s'asseoir sur le bord du bureau.

— L'affaire prend une drôle de tournure. Nouvelle impasse, dit-elle comme pour elle-même.

— Si c'est une impasse, il faudra ouvrir toutes les portes qu'on y trouvera au fond parce que la solution s'y trouve. Effectivement je ne crois pas à la culpabilité de Brighton et pourtant, tout pousse à le croire. Mobile, présence de l'arme du crime chez lui, bon tireur à ce que nous a dit le responsable du club de tir de Brest.

— Je ne vois pas non plus sa femme se servir de cette arme. Et pourquoi l'aurait-elle fait d'ailleurs ? Quel mobile aurait-elle eu ? rajouta Després en se levant et en se dirigeant vers la fenêtre.

— Il y a encore des voiles à lever et c'est Brighton qui va nous aider à le faire. Il nous manque une pièce au puzzle et c'est certainement lui qui la possède. D'ailleurs, il l'ignore peut-être lui-même. Il ne nous a pas tout dit et il va falloir faire pression pour qu'il se mette à table.

Moins d'une heure plus tard, Brighton arriva, passablement énervé. Pour le détendre, Després lui proposa quelque chose à boire, un café ou un verre d'eau. S'arrêtant une seconde, le temps de la dévisager, il lui fit signe qu'il acceptait et retrouva un peu son calme. Darcival exposa à nouveau les faits, le détail de la mort de Jo Le Mestrel, les circonstances qui les avaient amenés à se connaître et à se côtoyer, le témoignage de Jacques Patissier et enfin la découverte de l'arme du crime chez lui, dans son manoir de Brélès. Il conforta également Brighton en confirmant ses alibis qui le mettaient hors de cause, tout au moins directement au moment du meurtre. Dans la même logique, il lui confia qu'il croyait peu en sa culpabilité, n'imaginant pas une seconde qu'il ait pu avoir l'idée de commettre un meurtre et de garder ainsi l'arme du crime chez lui. À la question de savoir s'il possédait chez lui des lunettes de tir, notamment à infrarouge, et un silencieux, Brighton répondit par l'affirmative. Il s'en servait dans le cadre de ses compétitions et participait également à des chasses au gros gibier à l'étranger. Jamais il n'avait constaté la disparition de son arme et de la lunette. Le promoteur s'était un peu détendu, buvant de temps à autre une gorgée du café que Després lui avait servi.

— Maintenant que tout cela est établi, il va falloir que vous me disiez tout sur vos relations directes et indirectes avec Jo Le Mestrel, tout ce qui de près ou de loin s'y rapporte et que j'ignorerais. Ne me répétez pas ce que j'ai déjà dit, nous perdrions notre temps.

Darcival s'était exprimé calmement mais avec force et conviction. Il ne lui laissait pas le choix. Le dos bien appuyé sur le dossier de son fauteuil de bureau, les mains posées à plat sur son sous-main, il le fixait droit dans les yeux, les traits impassibles. Després s'était installée au clavier de son ordinateur et attendait de pouvoir saisir par écrit la déclaration du prévenu.

Brighton ne s'exprima pas de suite. Il prit le temps de regarder autour de lui et son regard se figea quand il vit les photos de la scène du meurtre affichées sur le tableau au centre de la pièce. Les gros plans montrant les éclaboussures de sang sur les parois de la passerelle de l'Albatros voisinaient avec le corps sans vie de Jo Le Mestrel la tête explosée par le tir du M16. On n'était plus au stand de tir de Brest à tirer sur des cibles inertes. Il eut soudain conscience de la réalité et prit peur, tout cela le dépassait. Rassemblant ses idées, il commença à soulever une partie du voile qui empêchait de progresser dans la résolution de l'énigme de cette affaire. Le cliquetis régulier des doigts de Desprès qui couraient sur le clavier de l'ordinateur accompagna la déposition de Brighton.

— Le projet de port de plaisance au Conquet me tenait beaucoup à cœur. J'emploie le passé parce qu'aujourd'hui j'en abandonne l'idée. Trop de sang autour du concept. Au cours du repas que j'avais donné à la maison après que nous ayons visionné la projection de l'aménagement de la ria, j'ai éprouvé de la colère. Je suis d'un naturel jaloux et je ne supporte pas qu'on regarde mon épouse avec trop d'insistance.

Il se tut ensuite l'espace de deux ou trois secondes tout en soutenant le regard de Darcival, avant de poursuivre son récit.

— Elle est très belle et je n'aime pas qu'on tourne autour. Bref, tout au long du repas, Jo et ma femme ont échangé des regards que j'ai jugés équivoques. Je trouvais la situation incompréhensible. L'homme n'était pas du tout de notre milieu social, pas très beau, avec des traits grossiers mais vous savez comme moi que la passion peut échapper à ce genre de clichés et de règles, c'est pourquoi j'ai eu peur. Comme je vous l'ai déjà dit quand vous êtes venus chez moi à Brélès, j'assistais à un remake de la Belle et la Bête ! D'un naturel méfiant, j'aime avoir toujours un coup d'avance sur mes adversaires, c'est la raison pour laquelle j'ai embauché un détective privé avec lequel j'ai l'habitude de travailler, pour suivre

Jo. Je voulais tout savoir sur lui, s'il voyait ma femme bien sûr mais aussi tout ce qu'il faisait, les gens qu'il côtoyait, sa famille…

Darcival, suspendu aux lèvres de Brighton, attendait impatiemment. Au passage, il nota que pour la deuxième fois dans son enquête, on faisait appel à un détective privé. Eh bien ! pensa-t-il. Fébrile, il se dit qu'ils allaient enfin savoir.

— Et alors ? ne put s'empêcher de dire Darcival qui tambourinait de ses dix doigts sur les dossiers de son fauteuil.

— Eh bien, rien !

— Comment ça rien ? s'exclama Darcival en se redressant.

— Comme je vous dis, rien ! Il a disparu trois jours avant le meurtre de Jo. Depuis, je n'arrive plus à le joindre.

Brighton, considérant peut-être en avoir fini, manifestait par ses gestes et ses attitudes qu'il s'apprêtait à partir.

Darcival s'en aperçut, se leva, vint se poster à côté de lui et, posant une main sur son épaule, ajouta :

— En admettant que cet homme, dont vous ne nous avez pas encore donné le nom ait disparu, vous ne nous avez rien dit de ce qu'il avait découvert au sujet de Jo Le Mestrel.

Laissant tomber un peu ses épaules le promoteur poursuivit :

— Il a découvert que son fils Ludovic trafiquait avec un dénommé Antoine Fauconneux.

— Oui, ça, on le sait déjà ! Et concernant Jo et votre femme ? insista, agacé, Darcival.

— Il n'a rien constaté, ils ne se sont jamais vus.

Darcival insista pour obtenir l'identité du détective mais, prétextant vouloir couvrir ses sources, Brighton ne voulut pas la communiquer, menaçant de faire jouer ses relations pour casser la carrière des deux gendarmes. Després, contre toute attente se saisit alors du M16 et alla le poser sur les genoux du promoteur. Puis, elle alla prendre les clichés de la victime et les lui mit sous les yeux en disant :

— Fini de jouer, il s'agit d'un meurtre ! Le nom du détective !

XXII

Confortablement installé dans le canapé, Darcival se laissa aller lourdement en arrière, s'abandonnant totalement au moelleux des coussins. Dans la cuisine, Valentine Després préparait un punch, suivant à la lettre une recette transmise par sa grand-mère, qui la tenait elle-même de sa grand-mère. Pour le faire patienter et pour accompagner la dégustation d'une ambiance réunionnaise, un CD distillait de la musique de l'île de l'océan indien. Tout, absolument tout dans la pièce rappelait ses origines, photos, objets. Sur un poster, Darcival reconnut le piton de la Fournaise en éruption.

— Ça y est, c'est prêt ! s'exclama Valentine en posant sur la table basse deux verres emplis du précieux breuvage.

Elle l'avait invité à venir prendre l'apéritif chez elle à la fin de la journée, voulant d'une part se détendre et d'autre part faire plus ample connaissance avec Darcival, c'est ainsi qu'elle lui avait présenté la chose. Une façon aussi de changer d'air, la journée, comme les précédentes s'étant avérée frustrante. À chaque fois qu'ils croyaient progresser, un contretemps les freinait et les ramenait à leur point de départ.

Brighton avait fini par leur donner le nom du détective et aussitôt, ils avaient cherché à le joindre. Peine perdue, l'oiseau s'était envolé sans laisser d'adresse. Comme le leur avait dit le promoteur, il avait disparu. À son domicile, ils trouvèrent porte close et dans le voisinage on ne sut pas les renseigner. Pour compliquer les choses, l'homme célibataire vivait dans un meublé où il n'avait rien laissé derrière lui. C'est ce qu'ils constatèrent après s'être fait ouvrir la porte par le propriétaire.

Ils devaient se résoudre à attendre que monsieur Rivoal, c'était son nom, fasse un achat et se serve de sa carte bleue pour qu'on puisse le localiser. Par ailleurs, la géolocalisation de son portable ne donna rien. Probablement qu'il en avait acheté un autre, à carte. Demain, Darcival irait à nouveau au domicile de Brighton glaner des informations auprès du personnel qui travaillait là-bas mais maintenant l'heure était à la détente. Darcival leva son verre, une coupe dans laquelle nageaient des morceaux de fruits, bananes, oranges, mangue et litchis, et porta un toast :

— À La Réunion !

— L'île ou notre binôme ? demanda Valentine avec un sourire.

— Disons les deux !

L'alcool aidant, les langues se délièrent. Quand Darcival demanda à Valentine ce qui l'avait amenée à choisir la gendarmerie, elle parut subitement embarrassée. Sans mot dire, elle se leva et commença à marcher dans la pièce. Son sourire avait disparu et il lui vit pour la première fois un visage grave. Tenant son verre à deux mains, elle porta son regard vers la fenêtre et expliqua :

— J'ai vécu mon enfance à Saint-Pierre avec mes quatre frères et sœurs. Je suis l'aînée. Mon père travaillait en tant que cuisinier dans un petit restaurant de la ville alors que ma mère faisait des ménages. On vivait chichement mais nous avions tout pour être heureux, la mer à deux pas, un quartier sympa où nous avions plein de copains et copines… Dans ce beau tableau, il y avait une ombre… mon père. Il battait ma mère quand il avait bu, c'était terrible quand cela arrivait et c'est devenu de plus en plus fréquent avec les années. Impuissante, je protégeais mes plus jeunes frères et sœur comme je pouvais. Je les éloignais et je tentais de les rassurer et, quand la crise était passée nous allions en pleurs voir notre mère. À l'adolescence, je me suis révoltée et j'ai pris sa défense, un jour qu'il était rentré ivre et passablement agressif. Je me suis interposée et j'ai pris des coups. Contrairement à ma mère qui ne voulait pas porter plainte, je me suis rendue à la gendarmerie et j'ai fait constater le passage à tabac. Le gendarme qui s'est occupé de nous m'a marquée par ses capacités d'écoute et son sens du devoir. Plus tard, j'ai voulu faire le même travail, être au service des autres. Voilà.

Darcival resta sans voix. S'en voulant d'avoir réveillé de vieilles blessures, il ne savait que répondre. Il fit le parallèle avec son enfance, privé de mère et élevé par un père aimant qui avait tout fait pour compenser l'absence maternelle. Par réflexe il but une gorgée de punch, une façon comme une autre d'échapper à l'instant. Le goût marqué du rhum envahit son palais alors qu'en arrière le parfum de la vanille lui parvenait, discret. Sentant sa gêne, Valentine cassa la glace en disant :

— Pas très gai, je te l'accorde mais tu voulais que je réponde à ta question. Et toi ?

— Mes motivations sont les mêmes, je pense, mais s'inscrivent dans un contexte un peu différent. Je suis orphelin de mère, maman est morte en me mettant au monde. Mon père a alors fait le choix de m'élever seul, sans se remettre en couple. Très amoureux de ma mère, je pense qu'il aurait considéré cela comme une trahison à son égard, bien qu'elle fût décédée. Je n'ai manqué de rien, si, peut-être un peu de tendresse féminine. Mon père a fait tout ce qu'il a pu mais on ne remplace jamais totalement une maman… pour autant je ne lui en veux pas. Il est mort il y a trois mois, soupira Darcival. Avec lui, j'ai perdu un pilier, le pilier qui m'a fait et continue à me faire tenir droit. Il m'a tout appris et surtout il m'a aimé.

— Où travaillait-il ? demanda Valentine, venue s'asseoir à côté de lui.

— Il était cordonnier. Il aimait son travail, le faisait bien et était très apprécié. Pourtant, gamin, j'ai souffert du regard des autres, de ceux dont les parents occupaient de meilleures situations que celles de mon père, parce que nous habitions dans un quartier bourgeois. Comme mon père ne pouvait pas me payer des études longues, j'ai fait le choix de la gendarmerie. Une façon comme une autre d'allier l'envie de servir et celle de monter dans l'échelle sociale. Une histoire banale quoi !

Valentine s'approcha davantage, posa sa main sur la sienne et accrocha son regard. Darcival ne bougea pas.

XXIII

Lors de sa précédente visite au manoir de monsieur Brighton, il s'était fait la réflexion qu'une telle surface à entretenir, bâtiments et jardins, supposait l'emploi de personnel. Aujourd'hui, il tentait sa chance, en venant sur place, dans l'espoir d'y rencontrer un employé. Contrairement à l'avant-veille, il faisait beau et le petit château resplendissait sous les assauts de la lumière estivale. Le granite gris, parsemé de lichen vert tendre sur les gargouilles et les cheminées, donnait à la bâtisse la patine du temps. La façade, parsemée de fenêtres à meneaux, était coiffée d'une toiture de vieilles ardoises. Darcival se gara à l'entrée de la propriété pour parcourir à pied la distance qui le séparait du manoir proprement dit, voulant se donner le temps de croiser quelqu'un.

Une allée bordée de tilleuls soigneusement taillés menait à l'entrée principale mais il choisit d'emprunter une allée secondaire qui prenait sur sa gauche vers ce qu'il pensait être des dépendances, un peu à l'écart. Une haie vive aux milles couleurs suivait son tracé. Il progressa ainsi sans se presser, attentif aux moindres bruits et mouvements. Au-dessus de lui, les oiseaux s'en donnaient à cœur joie, piaillant, jacassant. Soudain, au milieu de ce tumulte bucolique, un bruit de cisaille qu'on manie vivement attira son attention. Il s'arrêta pour estimer d'où provenait le son, promenant son attention aux quatre points cardinaux comme le ferait un animal aux aguets. Manifestement, cela vient de la direction du pigeonnier, estima Darcival.

Quand il s'en fut suffisamment rapproché, il distingua la silhouette d'un homme qu'il vit d'abord de dos. Le bleu de travail de ce dernier tranchait sur le vert tendre du buis qu'il s'appliquait à tailler. Volontairement, Darcival fit plus de bruit que nécessaire, faisant crisser le fin gravier blanc de l'allée. Surpris, le jardinier suspendit son geste, jaugeant l'intrus des pieds à la tête avant de dire :

— C'est une propriété privée ici !

La plaque professionnelle de Darcival agit comme un sésame et l'homme posa son outil avant de dire :

— Je vous écoute, qu'est-ce que vous cherchez ?

— Marchons un peu, voulez-vous ? proposa Darcival, en imprimant le pas vers la futaie derrière eux.

Les deux hommes s'éloignèrent de la vue du manoir, pénétrant peu à peu dans la végétation où ils ressentirent immédiatement une certaine fraîcheur. Darcival exposa rapidement la raison de sa venue, insistant sur l'importance du témoignage qu'il pourrait apporter. De façon à dispenser le jardinier d'un éventuel conflit de loyauté envers Brighton, il crut bon de préciser que son employeur était hors de cause mais que des éléments portaient à croire qu'un élément omis, volontairement ou pas, dans la déposition du promoteur bloquait la bonne avancée de l'enquête.

Erwan Purgot, c'était son nom, écouta attentivement. Manifestement, il savait des choses mais voulait des garanties, c'est le sentiment qu'eut Darcival qui entreprit alors de le rassurer. Rien ne transparaîtrait, Brighton ignorerait sa version des faits. Pour le mettre en confiance, il lui proposa une cigarette qu'il accepta. À l'ombre d'un chêne centenaire, ils prirent place sur un banc de pierre qui se trouvait là, au milieu d'un espace gazonné. Ils se passèrent le briquet tempête de Darcival et crachèrent de concert les premières bouffées bleutées.

— Récemment, je n'ai rien vu d'inhabituel, commença le jardinier, mais peut-être il y a deux ou trois mois…

— Oui ?

Erwan Purgot plissa le front et se racla la gorge avant de continuer :

— Un samedi matin, je m'en souviens parce que c'est le jour du marché de Saint-Renan et que j'y vais toujours tôt avant de venir faire un tour ici pour voir si on a besoin de moi, comme j'habite juste à côté… Je suis allé récupérer quelque chose dans mon atelier, une pièce du rez-de-chaussée à l'extrémité gauche du manoir, quand j'ai entendu qu'on parlait devant la porte d'entrée. D'où j'étais, j'ai jeté un œil discrètement par la fenêtre et j'ai vu un homme qui molestait monsieur Brighton. Il l'avait empoigné et semblait menaçant. Le temps que j'aille voir sur place ce qui se passait, l'homme avait disparu et j'ai vu monsieur Brighton rentrer dans son bureau. Tout semblait être rentré dans l'ordre, du coup je ne me suis pas fait voir. Monsieur Brighton n'aime pas trop qu'on s'occupe de ses affaires, il préfère que le personnel reste discret et garde ses distances.

— Vous dites qu'ils étaient sur le perron ?

— Oui c'est ça !

— Mais quand vous êtes arrivé, vous les y aviez vus ?

— Non. Il n'y avait personne, pas de voiture non plus, à part celle de mon patron.

— C'est donc qu'ils se trouvaient à l'intérieur et qu'ils sont sortis alors que vous vous trouviez dans votre atelier ?

— Oui, c'est tout à fait possible parce que du portail au manoir il y a bien cent cinquante mètres. Ce qui m'a surpris par contre, c'est que le temps que j'aille de l'endroit où j'étais à la porte d'entrée, il y a vingt mètres environ, le gars avait disparu.

— Il n'est donc pas passé par l'entrée principale pour repartir mais il a emprunté une des allées qui donnent sur le parc, se dit comme pour lui-même Darcival. Reparlez-moi précisément du moment où vous les avez vus se disputant, vous pourriez me décrire l'individu ?

Avant de répondre le jardinier tira une bouffée sur sa cigarette et écrasa le mégot dans une petite boite métallique qu'il sortit de sa poche. Ensuite, il prit soin de la poser entre eux, signifiant par-là que le deuxième mégot devrait suivre le même chemin. Darcival, en regardant la taille soignée des buis, admira la méticulosité de l'homme et repensa à l'état de son appartement quand il l'avait quitté quelques jours plus tôt.

— Comme je vous disais, je me trouvais à une vingtaine de mètres et c'est la première fois que je le voyais. Je me rappelle qu'il portait un treillis comme ceux que portent les militaires ou les chasseurs. Il était de taille moyenne mais fin, plutôt sec, vous voyez ? Ah si ! Il avait le crâne rasé ou presque, un millimètre de cheveux sur le caillou, tout au plus. Il devait avoir quarante-cinq ou cinquante ans, dans ces eaux-là !

— Vous avez accès à tout le bâtiment ? demanda Darcival.

— Oui, pourquoi ? répondit soupçonneux le jardinier.

— Parce qu'une des armes de monsieur Brighton a disparu puis miraculeusement réapparu. Vous n'avez rien constaté d'anormal ces derniers temps, des rôdeurs par exemple…

— Non, rien de particulier, tout au moins pendant mes heures de travail. La nuit, je ne sais pas ce qui se passe, d'autant que le système d'alarme est en panne depuis une semaine. Quelqu'un doit passer pour le réparer. Moi, je n'essaie pas, c'est trop compliqué avec l'informatique et tout ça…

Après l'avoir remercié pour sa coopération, Darcival lui demanda si madame Brighton était présente au domicile. Il en profiterait ainsi pour avoir sa version de l'affaire. À mesure qu'ils se rapprochaient du manoir, des notes de piano leur parvinrent, qui s'échappaient d'une fenêtre du rez-de-chaussée restée ouverte. Par l'entrebâillement, Darcival aperçut madame Brighton, installée le dos bien droit devant un piano à queue. Ses cheveux blonds tombaient en cascades bouclées sur ses épaules dénudées. Vêtue d'une robe blanche vaporeuse qui lui marquait la taille, son corps accompagnait la musique. Les mains couraient avec grâce sur le clavier, chaque doigt tapant comme un petit marteau les touches d'ivoire avec force et délicatesse à la fois.

Au bruit qu'ils firent en passant devant la fenêtre, elle tourna la tête vers eux. Aussitôt, elle s'arrêta de jouer et se leva pour venir à leur rencontre. Ses talons hauts lui dessinaient des jambes fuselées auxquelles elle imprimait une démarche chaloupée. La surprise se lut sur son visage et elle demanda un peu affolée :

— Vous ici ! Il n'est rien arrivé à Brice j'espère ?

Passée l'inquiétude, Darcival l'invita à fouiller dans ses souvenirs. Trois mois auparavant, un samedi, se souvenait-elle de quelque chose de particulier ? Pour l'aider, il lui montra un extrait du calendrier de son agenda de poche, entourant au stylo à bille rouge la date en question. Elle se saisit du carnet et marcha dans la pièce, déroulant ses longues jambes avec nonchalance.

— Ce jour-là, dit-elle en prenant son temps, je n'étais pas présente au manoir le matin. Je suis rentrée en milieu d'après-midi de Paris où je m'étais rendue pour assister à un concert. C'est vrai que le soir, quand Brice est rentré de Brest où il était allé faire du tir comme d'habitude, il m'a paru préoccupé. Pour autant, quand je le lui ai fait remarquer, il ne m'a rien dit, m'assurant que tout allait bien. Vous savez, il n'est pas du genre à se plaindre ou à me confier ses inquiétudes, mais ce jour-là, en effet, il s'était passé quelque chose que j'ignore et qui l'avait déstabilisé !

Darcival profita du départ du jardinier, reparti finir son ouvrage à l'extérieur, pour avoir des précisions sur ses relations avec Jo Le Mestrel. Comme si la maison était truffée de micros, elle l'entraîna dehors où ils marchèrent dans l'allée centrale. Il se fit la réflexion que des oreilles traînaient probablement dans la bâtisse, des employés qu'il n'aurait pas encore vus. On n'était jamais trop prudent.

— Je peux vous assurer qu'il ne s'est jamais rien passé entre nous, de physique j'entends ! Par contre, je ne vous cacherai pas que nous avons éprouvé l'un pour l'autre comme un coup de foudre, vous comprenez ? Quelque chose d'inhabituel et surtout d'inattendu, de l'ordre de l'animalité et qui vous dépasse. Il était difficile de cacher notre trouble alors évidemment Brice s'en est aperçu. Le soir, il m'a fait une crise de jalousie. De toute façon, je n'avais pas l'intention de revoir cet homme par la suite. Si nous nous étions trouvés ensemble, seuls, dans des circonstances particulières, oui, j'aurais succombé c'est certain mais pas dans le contexte qui nous intéresse.

XXIV

Brice Brighton fut à nouveau convoqué à la gendarmerie où, excédé, il fit une entrée remarquée dans le bureau de Darcival. D'autorité, il s'assit et tapa du poing sur la table, vociférant que c'en était trop, qu'on ne pouvait ainsi disposer de sa personne à sa guise comme on le faisait en ce moment. En face, le gendarme ne bougea pas, se contentant d'attendre en le regardant dans les yeux.

Au même moment, la porte s'ouvrit dans le dos du promoteur, laissant apparaître Després, encombrée de matériel dans les bras, qu'elle alla déposer dans un coin avant de se servir un café.

— Il ne manquait plus que vous ! s'exclama-t-il, repensant à la manière avec laquelle elle s'était conduite lors de leur dernière entrevue, le bousculant en mettant sur ses genoux le M16 et en disposant sous ses yeux les photos de Jo, mort.

— Vous désirez un café ? lui demanda Després, en guise de réponse. Au fait, bonjour !

Voyant que manifestement, il ne les impressionnait pas, Brighton se ressaisit et retrouva une attitude plus conforme à ce qu'il avait l'habitude de laisser paraître. Il se redressa sur sa chaise et accepta de bonne grâce la tasse qu'on lui tendait. Alors, Darcival se leva et commença ainsi :

— Nous avons appris qu'il y a trois mois environ, vous avez été dérangé chez vous par un individu. D'une part, nous aimerions savoir de qui il s'agit, d'autre part, nous allons vous associer à l'établissement de son portrait-robot et enfin, nous aurions aimé connaître le motif de sa visite… Nous ne sommes pas obligés de procéder dans cet ordre bien entendu ! fit Darcival avec une certaine ironie dans la voix, avant de conclure en disant : Je sens que nous allons être efficaces !

— Nous nous sommes renseignés, vous étiez seul au manoir, ce jour-là, jusqu'à ce que cet individu fasse irruption chez vous, compléta Després.

Une fois la surprise passée, Brighton but lentement une gorgée de café, prenant le temps de réfléchir aux tenants et aux aboutissants de la situation présente, en homme habitué à prendre des décisions réfléchies. Le silence régnait dans la pièce, on entendait tout juste le ronronnement de l'ordinateur et quelques bruits qui leur parvenaient de l'extérieur, étouffés par l'épaisseur des murs. Reposant sa tasse devant lui, il s'enfonça davantage dans le dossier et joignit ses mains qu'il posa devant lui sur le bureau. Il prit une inspiration et expliqua le contexte de cette journée.

Il s'agissait d'un samedi matin au cours duquel il avait prévu de travailler tranquillement, se trouvant seul effectivement au manoir ce jour-là ! Son épouse ne rentrerait que dans l'après-midi de Paris où elle était allée assister à un concert. Soudain, alors qu'il feuilletait un dossier, quelqu'un entra sans frapper dans la pièce. Il n'avait rien entendu. L'intrus s'était alors dirigé vers lui en le menaçant d'un couteau. Le genre d'arme qui impressionne, avec une lame de vingt à trente centimètres. La première chose qu'il lui dit, fut de se taire, de poser les mains à plat devant lui et de l'écouter attentivement.

— Écoute-moi bien, je ne vais pas te faire de longs discours, lui martela-t-il sur un ton sans appel. Tu vas arrêter d'embêter Jo Le Mestrel ou tu vas avoir affaire à moi ! Tu entends ? Espèce de connard !

Puis l'empoignant et lui mettant le couteau sous la gorge, il l'entraîna à l'extérieur vers le perron. Là, il lui montra la façade du manoir et le menaça d'y mettre le feu s'il entendait encore une fois parler de lui. Il avait alors rangé le couteau dans sa veste et l'avait saisi par le col de sa chemise. Avant de quitter les lieux, il avait ajouté en le secouant une dernière fois :

— Tu as compris connard ? Je ne veux plus entendre parler de toi ! D'abord le manoir, et après…

Sur ces mots, il fit le geste de lui trancher la gorge et partit en courant à travers le parc.

— Et bien pour du concret, c'en est ! On progresse ! jubila Darcival, qui ajouta aussitôt, je ne comprends pourtant pas pourquoi vous vous êtes obstiné à ne pas nous en parler plus tôt ! Vous réalisez bien que cet homme qui vous a menacé est entré dans votre bureau, qu'il a pu y voir vos armes rangées dans leur râtelier et donc y revenir pour en subtiliser une ! Là, on a un suspect de choix, sans mobile encore, mais un suspect potentiel quand même ! Puis, prenant un ton plus grave, il va maintenant falloir continuer à coopérer, on ne va pas en rester là. Nous avons bien compris que votre agresseur n'a pas laissé sa carte de visite et que vous ne le connaissiez pas, c'est entendu. Par contre, vous allez nous aider à le reconnaître.

Sur ces mots, Desprès installa un ordinateur devant Brighton et lança un programme de portrait-robot. Successivement, ce dernier dut alors choisir la couleur des cheveux, la forme du visage, la hauteur des sourcils, la couleur et la forme des yeux… Travail éprouvant après trois mois mais petit à petit, erreur après erreur, un visage apparut sur l'écran qui parut satisfaire le promoteur. Darcival en fut convaincu à la peur qu'il lut chez lui à ce moment. Toutefois, Brighton, semblait encore un peu insatisfait, comme s'il manquait quelque chose. Comme l'avait dit le jardinier, l'homme que le logiciel avait permis de reconstituer, paraissait grand et fin avec son visage émacié. Le nez droit, les yeux un peu enfoncés dans les orbites, le menton carré et volontaire, les lèvres charnues et ce qui frappa Darcival, des pommettes saillantes. Pour les cheveux, comme il le savait déjà le crâne était pratiquement rasé.

Brighton observait attentivement le portrait-robot et semblait préoccupé. Després lui en fit la remarque.

— Il manque quelque chose ? Vous êtes inquiet ?

— Il va sans dire que nous allons vous placer sous protection. D'ailleurs, à ce propos, vous est-il possible de résider ailleurs qu'à Brélès durant le temps de l'enquête ? Nous pourrions aussi faire surveiller votre manoir, compléta Darcival.

— Vous permettez ? fit Brighton en se levant.

Il se dirigea vers le tableau sur lequel étaient affichées les photos qui avaient trait à l'enquête et regarda attentivement une d'entre elles sur laquelle on voyait Jo Le Mestrel avant le meurtre. De trois quarts, il présentait à l'objectif son côté droit.

— Tenez ! Venez voir ! L'homme qui est venu me menacer avait la même tâche, là, sous l'oreille droite. Oui, je m'en souviens bien à présent.

— Un vitiligo ! s'exclama Després, relevant au passage le regard surpris de Darcival. C'est une dépigmentation de la peau, compléta-t-elle.

Brighton, qui manifestait à présent des signes d'impatience, maintenant qu'il estimait avoir tout dit, fut autorisé à partir. Les deux gendarmes se retrouvèrent seuls. En silence, ils regardèrent le visage de celui qu'il allait falloir retrouver. Curieusement, il sembla à Darcival qu'il connaissait cet homme mais il n'aurait su dire où ni quand. Il faut dire aussi que la qualité des portraits-robots ne correspond pas toujours tout à fait à l'image et à la perception qu'on a eues d'une personne. Un décalage existe que le temps seul peut combler. Desprès, pour sa part repensa à sa visite à l'hôpital de Brest et à la mère de Jo Le Mestrel.

— Jo a ce vitiligo, sa mère également et maintenant l'homme que nous recherchons. J'ai lu au cours de mes recherches sur cette tache cutanée qu'elle peut être d'origine génétique. Il semblerait que ce soit le cas, qu'en penses-tu ?

— À ce moment-là, cela voudrait dire que cet homme est le demi-frère de Jo, son frère utérin, celui dont elle a accouché sous X, répondit Darcival en tournant dans la pièce à la façon d'un ours en cage.

— La logique des événements m'échappe, relança Desprès en s'appuyant sur le bureau. Celui que nous allons appeler X pour le moment va chez Brighton menaçant pour l'intimer de laisser Jo tranquille. On peut supposer qu'il a été témoin de la filature du détective, qu'il a impressionné celui-ci, ce qui explique sa disparition dans la nature, et que, l'ayant fait parler, il soit allé voir le commanditaire : Brighton. À ce stade, il a un rôle de protecteur.

— On sait aussi que X a pu voir les armes chez Brighton et notamment le M16 qui a servi à tuer Jo, de là à en faire son assassin…

— Un fratricide ! Pour quel mobile ? fit Desprès dubitative.

— Il faut retrouver l'identité de ce X auprès des services sociaux. Ensuite, une nouvelle étape s'ouvrira devant nous, une de plus… soupira Darcival.

Sur ces mots, le téléphone sonna. Quelqu'un voulait communiquer une information d'importance concernant la mort de Jo. Refusant de donner son identité, il se contenta de donner un nom et une adresse correspondant à un homme que Valérie voyait régulièrement ces derniers temps. Puis, sans en dire plus, on raccrocha. L'appel, passé d'une cabine publique, ne permettait pas d'en tracer l'auteur.

XXV

Voilà qu'un appel anonyme les orientait sur la piste d'un crime passionnel. À pied, ils se rendirent de suite à l'adresse indiquée mais Darcival n'y croyait pas trop, tant de gens dénonçant leurs voisins par simple vengeance ou pure méchanceté. La petite ville du Conquet voyait arriver ses premiers touristes et la file d'attente devant les commerces, notamment les boulangeries, tenait lieu d'indicateur d'affluence. On entendait parler italien, espagnol, allemand et même russe, nota Darcival. Les présentoirs de cartes postales s'invitaient sur le trottoir ainsi que les jeux de plage. En face de la librairie-tabac-presse, la terrasse du café affichait complet. Un parfum de vacances et de farniente flottait dans l'air.

Un sentiment diffus envahit Darcival, la sensation de traverser un décor factice, à mille lieues de son quotidien fait de sang et de larmes. L'étal du poissonnier avec ses poissons fraîchement pêchés, bars, daurades et grondins, le ramenèrent à sa mission et à Jo Le Mestrel avec qui il partageait désormais son quotidien.

Je ne connais véritablement les gens que lorsqu'ils sont morts, pensa-t-il. Solitaire, j'en sais plus sur leur intimité que sur celle des vivants que je côtoie. Je m'immisce subrepticement dans ce qui fut leurs vies, tant dans leurs têtes que dans celles de ceux qui furent leurs amis et leurs ennemis. Després lui fit signe qu'ils étaient arrivés. En la regardant, il réalisa qu'il s'engageait peut-être dans une voie nouvelle, il commençait à en savoir beaucoup sur celle qui travaillait avec lui. Les données changent, virage en vue, s'interrogea-t-il.

L'adresse que le mystérieux correspondant leur avait communiquée se trouvait non loin de l'église. Sur la boite aux lettres était écrit : Nicolas Durand. Ils sonnèrent et attendirent. Dans la rue, un camion de livraison passa dans un assourdissant bruit de moteur quand la porte s'ouvrit.

— Oui ? fit, surpris l'homme d'une quarantaine d'années qui se tenait devant eux.

Plutôt petit et râblé, un maillot de sport blanc lui moulait un torse puissant et musclé mais ce qui frappait le plus était ses cheveux d'un roux flamboyant. Il les invita à entrer. Il n'était jamais bon de laisser voir au voisinage qu'on avait affaire avec la police, quel qu'en soit le motif.

À l'exposé que lui fit Darcival de la dénonciation, Nicolas Durand réagit dans un premier temps avec colère et indignation. Sanguin, les mots jaillirent de sa bouche.

— Les gens sont dégueulasses, vraiment ! Moi qui pensais ne pas avoir d'ennemis cachés ! Eh bien oui, je vois régulièrement Valérie Le Mestrel !

Laissant ses mots en suspens, il prit le temps de se calmer et respira un bon coup. Les deux gendarmes se turent, attendant la suite. Darcival adopta une attitude d'écoute active, penchant un peu la tête sur la droite. Després, se tenant un peu en retrait, promenait le regard sur la décoration de la pièce. Elle aperçut sur le buffet de la cuisine où ils se trouvaient, une photographie sur laquelle on voyait Valérie, Jo et Nicolas. Le cliché datait un peu, lui sembla-t-il, et elle nota qu'il avait été pris devant l'Albatros.

— Je vais vous rassurer de suite et peut-être vous décevoir, je ne fréquente Valérie que pour la bonne cause. Je suis un ancien copain de classe de Jo et je les connais très bien tous les deux. Depuis quelques mois, je la rencontre effectivement régulièrement et sur sa demande. L'idée vient d'elle. Un jour, elle m'a contacté et m'a demandé de l'aider à monter une affaire. Elle n'est pas venue me voir par hasard, uniquement parce que par le passé j'ai tenu un restaurant en Bretagne sud, vers Vannes. Son projet consiste à mettre sur pied une crêperie dans le centre-ville du Conquet. Mais asseyez-vous donc ! les invita-t-il avant de poursuivre en s'exprimant avec lenteur comme savent le faire les raconteurs d'histoire, ménageant des temps de silence, pesant ses mots. Il poursuivit quand les deux gendarmes se furent assis en face de lui à la table de la cuisine. Tout d'abord, Valérie commence à s'ennuyer seule à la maison, même si elle s'occupe du côté administratif de l'entreprise de pêche familiale. Ensuite, ses deux enfants sont sur le point de quitter le nid définitivement. Mais ce qui l'a surtout décidée, c'est son fils Ludovic qui prend un mauvais virage, vous devez être au courant ? Rassuré sur ce point par les hochements de tête de Darcival, il poursuivit. En montant cette crêperie, elle souhaite d'une part, s'occuper, et d'autre part, insérer en douceur son fils dans une affaire qu'il conduirait seul par la suite. De plus, cela aurait permis de soulager son mari en apportant dans le ménage une source de revenus complémentaire.

— Vous êtes sûrs de votre coup ? Parce que la concurrence est déjà forte dans le secteur, fit remarquer Després.

— Il y a de la place pour tout le monde et surtout pour ceux qui savent travailler ! Je lui apporte des recettes éprouvées, un savoir-faire, et elle a imaginé un concept original.

— Un concept original ? relança Darcival qui n'en manquait pas une miette, guettant le coup de théâtre, le moment qui ferait basculer l'enquête.

— Elle a eu l'idée d'aménager la salle de restaurant tel l'intérieur d'un bateau de pêche avec tout le décorum s'y afférent. En fond sonore, elle a imaginé de passer en continu le bruit de la mer et des oiseaux marins, tout ce qui fait l'univers sonore de l'estran et d'un port de pêche, cornes de brume, ressac sur la jetée, son des moteurs diesel… Sur un mur, seront même projetées des photographies du monde maritime.

Darcival réalisa qu'ils s'éloignaient de l'enquête et recentra l'entrevue sur ce qui les intéressait. De la chemise cartonnée qu'il avait emportée avec lui, il sortit une épreuve du portrait-robot de celui qu'ils appelaient pour l'instant monsieur X, faute de pouvoir lui donner un nom. Contre toute attente, Nicolas le reconnut immédiatement.

— C'est Pedro ! s'exclama Nicolas Durand.

— Pedro ! s'étonna Darcival, curieux d'en apprendre davantage. Pedro comment ?

— Oui Pedro Sanchez ! Le barman du Ty Coz !

En un éclair, Darcival réalisa que l'homme du portrait-robot n'était autre que celui qui lui avait servi une bière alors qu'il était allé boire un coup avec Yann. Subitement, il se rappela du tatouage qu'il avait sur l'avant-bras droit, tatouage qui lui évoquait quelque chose mais il ne savait plus quoi.

— Vous avez remarqué un détail particulier chez lui, physique, j'entends ! demanda-t-il, excité à l'avance de la réponse qu'il allait lui faire.

— En dehors du fait qu'il est plutôt du genre taciturne, il a une tache sous l'oreille droite et un tatouage sur l'avant-bras droit ! se souvint-il avant de compléter qu'on ne l'avait pas vu depuis trois ou quatre jours, personne ne sachant où il était. D'ailleurs le patron cherche activement une personne pour le remplacer, si vous connaissez quelqu'un… Bon, si vous n'avez plus besoin de moi, je dois y aller. En se levant, signifiant par-là, la fin de l'entretien, il ajouta encore qu'il n'y avait jamais rien eu entre Valérie et lui, qu'il la voyait uniquement pour affaires. Maintenant c'est vrai qu'on se rencontre dans les bars du Conquet, alors ça doit faire jaser, mais on s'en fout de la rumeur, et Jo aussi s'en foutait d'ailleurs.

— Il savait ce que vous prépariez tous les deux ? interrogea Darcival.

— Non, on lui avait dit que c'était une surprise. Valérie était sûre qu'il serait fier d'elle, notamment pour ce qui était de remettre son fils sur les rails. Aujourd'hui, ce n'est plus d'actualité malheureusement, Ludovic n'a pas eu de chance. Ceci dit, le projet n'est pas abandonné, nous comptons ouvrir en avril, l'année prochaine, juste avant la saison, le temps de peaufiner les détails et de lancer le chantier.

XXVI

Aux détours d'une nuit sans rêves, Darcival se réveilla d'un bloc. Assis sur le bord du lit, les mains posées sur le matelas, il s'amusa à délier ses orteils les uns après les autres. Comme d'autres savaient faire craquer toutes leurs articulations ou s'asseoir en position du lotus, lui parvenait à contrôler parfaitement cette partie du corps. Cela l'amusait et lui faisait penser qu'on descendait vraiment du singe.

D'humeur gaie, il s'habilla en hâte et regarda sa montre. 6 heures ! Le jour commençait à peine à se lever. Trop tôt pour faire quoi que ce soit, pensa-t-il. Doucement, il ouvrit les vantaux des volets et laissa entrer l'air frais. Sur la ria, le jusant offrait des trésors, vers, coquillages et autres pitances aux oiseaux qui commençaient à s'activer. Apparemment, madame Guiclan, son hôtesse, dormait encore. Il descendit lentement les escaliers, évitant de faire craquer les marches.

Une fois dehors, il se dirigea vers la grande plage des Blancs-Sablons, toute proche où la mer s'était retirée loin, découvrant une vaste étendue sableuse. Un petit noroît agitait les oyats qui recouvraient les dunes pendant qu'un cavalier galopait dans le liseré d'écume que faisaient les vagues du premier flot. Parvenu sur les rochers, il s'assit et se laissa absorber par le spectacle de la nature qui s'éveillait dans une lumière douce.

Rapidement, son enquête reprit le dessus et occupa son esprit. Où se cachait Pedro Sanchez ? Qui était-il vraiment ? Le patron du Ty Coz, le bar restaurant où il travaillait en tant que barman ne l'avait plus revu. Parti sans demander son reste. Arrivé dans la région quatre mois auparavant, il avait donné toute satisfaction à ses employeurs. Au départ, réticent à l'idée de le prendre, le patron avait finalement consenti à le laisser faire une période d'essai. En fait, il le trouvait un peu trop âgé pour le poste. Désireux de capter une clientèle plus jeune, il aurait préféré quelqu'un avec l'âge en rapport. Il apprécia finalement ses capacités d'adaptation et se résolut à le garder.

On ne savait pas grand-chose de lui, simplement qu'il avait pas mal bourlingué. Un peu caméléon dans le comportement, il se taisait quand il le fallait et parlait avec ceux qui le demandaient mais jamais ne se confiait sur sa vie privée. En définitive, personne ne le connaissait vraiment. Toutefois, Pedro Sanchez avait croisé Jo Le Mestrel, le marin pêcheur venant y boire un verre tous les jours après sa journée de pêche. Les deux hommes se connaissaient donc. Pourtant, personne, jusqu'à présent, ne se souvenait les avoir vus en grande conversation ou tout au moins parler davantage que ne l'exigeait le service lié au bar. Darcival sentait qu'il s'agissait pourtant du chaînon manquant. Il restait à savoir où les deux hommes avaient échangé, parce qu'il en était sûr, ils en avaient eu l'occasion. Qu'avaient-ils en commun ? De quoi avaient-ils parlé ? Qu'est-ce qui les liait ?

Les idées passaient et repassaient dans sa tête. Brighton, le M16, Pedro, Valérie, la crêperie, l'Albatros… tout se télescopait et s'entrechoquait mais rien n'en sortait. Aucun mobile tangible, pas d'avancée. Després avait émis l'hypothèse qu'il pourrait être le demi-frère de Jo Le Mestrel. Effectivement, le vitiligo que portaient l'un et l'autre pouvait le faire penser mais sans certitude. De toute façon, le nom du fils de madame Le Mestrel né sous X s'appelait Jean-Claude Guy. C'est ce que leur avaient dit les services sociaux auprès desquels ils avaient fait une requête.

Il descendit de son rocher et marcha jusqu'à la mer où des rouleaux commençaient à se former. Comme une armée en marche, mu par des forces mystérieuses, l'océan avançait sur le sable, l'écrasant de la force de ses vagues. L'écume dessinait une dentelle marine, marquant la progression de la marée.

Il fouilla dans sa mémoire, repensant à l'occasion qu'il avait eu de le voir quand il se trouvait au Ty-Coz avec Kévin, le marin de l'Albatros. À vrai dire, il ne lui avait pas trop prêté attention comme tous les gens qu'on croise dans une journée et qu'on oublie. Pourtant, il en était persuadé, un détail l'avait interpellé mais lequel ? Ayant remué ses souvenirs dans tous les sens, il capitula et rejoignit la maison pour le petit déjeuner. En route, il se rassura comme il put en se disant que de toute façon un mandat d'arrêt avait été lancé contre Pedro Sanchez. Tôt ou tard, on l'attraperait.

De retour à la maison d'hôte, il flottait dans la cuisine une bonne odeur de café et de pain grillé et son bol de faïence n'attendait plus que lui. Madame Guiclan l'invita à s'asseoir et lui apporta le breuvage noir et fumant. Pendant qu'elle versait le liquide brûlant, Darcival regarda machinalement un cadre accroché au mur dans lequel on voyait une photo de son défunt mari. Il était en compagnie d'un autre homme, tous deux portant pantalons de ciré jaune et posant, torse nu sur le pont de leur bateau. Un détail attira son attention, ce que ne manqua pas de voir son hôtesse.

— C'est mon mari avec son matelot de l'époque, je me souviens, il faisait chaud le jour où j'avais pris la photo !

Darcival se leva de table et s'approcha, suivi de madame Guiclan. Sur le bras du matelot, dix ans plus jeune que son défunt compagnon, il avait remarqué un tatouage.

— Ah ! Vous avez reconnu le tatouage de la Légion étrangère ! Ce gars-là en venait et il a embarqué pendant au moins dix ans avec mon époux, jusqu'au drame.

— Au drame ? demanda par réflexe Darcival dont le cerveau turbinait à cent à l'heure. Il venait de comprendre. Pedro Sanchez était peut-être un ancien légionnaire et son nom ne voulait rien dire à ce moment-là. Il s'était peut-être refait une identité, comme on leur en offrait la possibilité, auquel cas Després avait raison sur toute la ligne.

— Oui, jusqu'à ce qu'il meure en tombant de son toit ! continua à expliquer madame Guiclan, perdue à présent dans ses souvenirs mais Darcival l'écoutait d'une oreille distraite, absorbé par le tatouage représentant une grenade et sept flammes. Le symbole de la Légion.

Comment diable avait-il pu passer à côté ! La Légion étrangère permettait aux nouvelles recrues de s'engager sous une autre identité pour rompre avec leur passé. Il connaissait pourtant cette disposition exceptionnelle ! Il demanderait une requête au procureur pour avoir accès à l'ancienne identité de Pedro Sanchez. Cela permettrait peut-être d'accréditer le fait que l'agresseur de Brighton était bien le demi-frère de Jo. Pour l'instant il n'en avait pas la preuve formelle, seulement une présomption sur la base d'un vitiligo identique sur les deux hommes, de même que sur la mère.

XXVII

Alors qu'il remuait la cuiller dans son bol, encore tout excité de ce qu'il venait de comprendre, il reçut un appel sur son téléphone portable. On l'informait que deux inconnus avaient été aperçus vers 5 heures dans la maison de Fauconneux à Plougonvelin. On passerait le prendre chez lui. Le temps pour lui de finir son petit déjeuner et de se préparer que le gyrophare agitait déjà ses éclats bleutés devant la maison.

Le témoin qui les avait prévenus les attendait devant le domicile du trafiquant, leur montrant du doigt, alors qu'ils descendaient de voiture, les scellés qui avaient été arrachés. Le septuagénaire encore en robe de chambre épaisse, bien campé dans ses charentaises, semblait sûr de son fait. Derrière ses sourcils broussailleux, l'œil alerte, apparemment il ne s'en laissait pas compter et il commença ainsi son récit. Insomniaque, il se trouvait à la fenêtre à regarder la nuit quand une voiture était arrivée, se garant devant la maison de son voisin. Deux hommes en sont descendus, l'un menaçant l'autre, lui sembla-t-il. En effet, ils marchaient serrés l'un derrière l'autre, celui qui suivait tenant à la main quelque chose qu'il lui enfonçait dans le dos. Ensuite, ils sont restés dix minutes à l'intérieur, tout au plus, et l'un des deux est sorti le premier, prenant la fuite à pied, suivi de peu par l'autre qui s'est sauvé en voiture.

Ils n'ont pas allumé la lumière à l'intérieur, précisa-t-il. Tout s'est déroulé dans le plus grand calme. Une chance qu'il se soit trouvé là, fit remarquer celui qui, tout content d'aider la force publique, se trouvait au cœur de la rubrique des faits divers en qualité de témoin. Pointilleux, le vieil homme tendit à Darcival un petit bout de papier.

— Tenez, c'est le numéro de la plaque d'immatriculation !

Darcival jubila, remerciant le ciel d'avoir placé cet homme sur son chemin mais déchanta vite quand l'ordinateur de bord lui apprit qu'il s'agissait d'un véhicule volé. Très observateur, le témoin s'appliqua à leur décrire du mieux qu'il put les deux hommes. Celui qui marchait devant, c'était Fauconneux son voisin, il en était sûr à cent pour cent, il reconnaissait sa démarche un peu fière. Par contre, pour celui qui le menaçait, c'était plus difficile. Il était grand, fin et se cachait derrière la capuche de son haut de survêtement. Il n'avait pas pu distinguer ses traits. Quand il s'est enfui, il portait à la main un sac de sport.

— Vous avez vu la direction qu'il a prise ? demanda Darcival.

— Il est parti en direction du Trez-Hir, il courait ! Mais avant ça, il a farfouillé sous la voiture comme s'il cherchait quelque chose.

— Et Fauconneux ne l'a pas poursuivi ?

— Comme je vous l'ai déjà dit, compléta le septuagénaire un peu agacé comme si on mettait sa parole en doute, il s'est passé un petit moment entre la sortie du premier et du deuxième homme. Fauconneux, lui, est parti en trombe au volant de la voiture et a pris la direction de Brest.

Ils pénétrèrent dans la villa. L'intérieur portait encore la trace des fouilles conduites sur place par la brigade des stupéfiants. Malgré tout, pensa Darcival, il restait encore quelque chose ici qu'ils n'avaient pas découvert et c'est ce qui pouvait expliquer le retour des deux hommes sur les lieux. Prenant garde à ne pas souiller la scène, il se déplaça dans les pièces y cherchant n'importe quoi. Interpellant Després, il lui demanda :

— Qu'est-ce que tu serais venue chercher ici toi ?

Sa collègue s'arrêta, suspendant tout geste, et réfléchit.

— Lors de la dernière perquisition a priori, toute la drogue a été trouvée par les chiens et les hommes des stups, se fit-elle la réflexion comme pour elle-même. Soit, malgré tout, il en restait encore très bien caché, soit c'est du cash qu'ils sont venus chercher. Auquel cas, où serait-il judicieux de le planquer, sachant que ça prend peu de place ?

— Une cachette inhabituelle à côté de laquelle tout le monde serait passé, compléta Darcival en regardant la salle à manger où ils se trouvaient, du sol au plafond. Où sont-ils passés tout à l'heure ?

Ils passèrent ainsi de pièce en pièce, sans rien toucher, imaginant simplement l'endroit qu'ils auraient choisi, cherchant au sol des indices des traces du passage des deux visiteurs nocturnes. Un détail surprit Darcival.

— Le témoin a bien dit qu'il n'a pas vu allumer la lumière à l'intérieur ? Or, regarde ! La lumière du WC est restée éclairée. La petite fenêtre donne de l'autre côté, c'est la raison pour laquelle il ne l'a pas vue.

Dans le petit espace, ils constatèrent que les rouleaux de papier WC gisaient à terre. Manifestement, l'emballage des 16 rouleaux venait d'être ouvert.

— Ils devaient être posés là, sur la petite étagère juste au-dessus du WC ! indiqua Després. Moi, je pense que c'est du cash qu'il cherchait ! Bonne cachette, il fallait y penser.

— On va laisser la scientifique faire son travail, je les appelle de suite. Avec un peu de chance, celui qui accompagnait Fauconneux aura laissé une signature ADN.

Les premières constatations faites, les deux gendarmes rejoignirent leur véhicule. À bord, la radio leur apprit qu'un grave accident de la route venait d'avoir lieu à l'entrée de Brest. À mesure que le message se déroulait sur les ondes, Darcival et Després se figèrent, stupéfaits et se regardèrent en écarquillant les yeux, la bouche ouverte. La victime portait le nom d'Antoine Fauconneux. Roulant à vive allure sur la RD 789 qui relie Le Conquet à Brest, il avait été surpris par un contrôle routier de la police. En voulant l'éviter, il a fait une embardée et est allé s'encastrer sur un poteau électrique.

— Ironie du sort, il est mort comme Ludovic Le Mestrel qu'il a envoyé au casse-pipe ! ne put s'empêcher de commenter Darcival, qui s'empressa d'ajouter qu'il y avait peut-être une justice divine.

Le rapport qui leur parvint dans la journée ne leur apprit rien de plus. La voiture volée s'était désintégrée sous le choc, ne lui laissant aucune chance. Il ne transportait rien de particulier et on ne trouva pas d'argent ni de drogue sur lui.

De retour à la gendarmerie, Darcival se mit en rapport avec le ministère des Armées pour obtenir le dossier militaire de Pedro Sanchez. Sentant que le temps pressait, il insista auprès de la “scientifique” pour obtenir les résultats le plus rapidement possible. Puis, il entreprit la relecture de tous les éléments du dossier, ce qui l'amena à envisager l'affaire sous un angle nouveau qu'il s'empressa de partager avec Després.

XXVIII

Le temps orageux rendait le travail difficile. L'atmosphère étouffante tapait sur les systèmes et n'aidait pas à se concentrer. Malgré les fenêtres ouvertes, l'ambiance restait tropicale, tant chaleur et humidité étaient prégnantes. Assis chacun devant leur clavier d'ordinateur, une bouteille d'eau à portée de main, ils travaillaient en silence. Seul le cliquetis des deux souris répondait aux doigts qui se promenaient sur les claviers, légers pour Desprès, plus appuyés pour Darcival. Leur objectif était clair, échafauder une théorie quant au mobile qui aurait pu pousser Pedro Sanchez à assassiner Jo Le Mestrel et, pour faciliter les choses, il fallait tout se remettre en tête.

Au bout de deux heures de ce régime, Darcival s'accorda une pause cigarette à l'extérieur. Son cerveau patinait. Desprès qui commençait aussi à montrer des signes de fatigue le rejoignit. Elle ne fumait pas mais la présence d'un fumeur à ses côtés ne la gênait pas. Machinalement, elle passa la main dans des arbustes tout proches et sentit l'odeur du feuillage en passant ses doigts sous le nez.

— On a déjà quatre morts dans cette affaire, résuma Darcival en soufflant la fumée bruyamment.

— Quatre morts violentes, compléta Després, deux préméditées et deux pour lesquelles le doute est permis.

— À ce rythme, le coupable sera celui qui reste, un peu comme dans les *Dix petits nègres* d'Agatha Christie, fit Darcival avec cynisme. Quand je repense à ce vitiligo, j'aurais envie de croire que ce Pedro Sanchez est le demi-frère de Jo Le Mestrel, même si on n'a pas encore la confirmation ADN et la réponse de l'Armée. Partant de ce constat, deux questions se posent : qu'est-ce qui l'aurait motivé à agir jusqu'à présent et, plus urgemment, que va-t-il faire maintenant ?

— Si, comme tout tend à le démontrer, il a tué son demi-frère, il va très certainement chercher à rencontrer sa mère biologique. Madame Le Mestrel est toujours à l'hôpital à Brest et il y a fort à parier qu'il ait des comptes à régler avec elle.

— Il va aussi chercher à prendre la fuite, il sait qu'on le cherche et il est aux abois. On peut légitimement supposer que c'est lui qui est à l'initiative du passage chez Fauconneux, motivé par le besoin de cash. L'argent liquide permet d'être discret et de ne pas se faire repérer par des paiements par carte et autres mouvements bancaires. Ensuite, qui savait pour Fauconneux ? Ses complices et peut-être celui qu'on devrait continuer à appeler X. Si ce même X était aussi le meurtrier de Maud Kervuest alors il connaissait probablement les combines de Ludovic et Fauconneux. Dans la même logique, il aurait repéré où le trafiquant se planquait et on connaît la suite.

Darcival se tut quelques instants et se gratta la tête. Després, légèrement appuyée contre le mur, attendait la suite qui ne tarda pas :

— On n'a aucune idée du montant mais on peut supposer qu'il y a de quoi se mettre au vert pour un moment quand on considère les volumes de drogue saisie au domicile par la brigade des stups. Il est peut-être déjà en route pour l'hôpital de Brest, il faut vite y mettre une souricière en place. Je contacte de suite le procureur et les services de police, dit Darcival, joignant le geste à la parole en se saisissant de son téléphone.

Pendant qu'il attendait en ligne son correspondant au son de la musique d'attente, un concerto de Vivaldi, il piétinait sur place, jouant du pied avec un petit caillou. Després fut sur le point de dire quelque chose mais il lui fit signe de sa main libre que ce n'était pas le moment. Les minutes s'égrenèrent, longues sous le soleil ardent. Enfin, il put avoir le palais de justice où on l'assura que le nécessaire serait fait dans l'heure.

Després reprit alors ce qu'elle voulait dire.

— Le témoin chez Fauconneux a bien dit que X trafiquait sous la voiture ? N'aurait-il pas saboté les freins avant de partir ?

— Mais oui, bien sûr ! Il faut s'en assurer auprès des gars de Brest. À ce moment-là, cela ferait trois meurtres pour un seul homme ? C'est beaucoup ! s'exclama Darcival. En attendant de se rendre à Brest où il ira voir sa mère, comme on le suppose, il doit se cacher dans la planque où Fauconneux s'était réfugié pendant sa cavale. Pour commencer, allons au Ty-Coz pour glaner des infos !

Paul Grange, le patron, n'ayant toujours pas trouvé de barman pour le remplacer faisait des doubles journées et son humeur s'en ressentait. En les accueillant, le tenancier bougonna, peu amène, signifiant clairement que ce n'était pas le moment. Pourtant le bar ne comptait que deux ou trois clients à une table. Le service de midi s'achevait et les serveuses commençaient le nettoyage de la salle. On lisait sur le visage un peu poupon à la peau presque rose l'amour des plaisirs sous toutes ses formes. De taille moyenne, il se tenait très droit derrière son comptoir exhibant fièrement devant lui un ventre de bon vivant. Tout en essuyant les verres, il les regarda sans mot dire avec une moue réprobatrice.

Les rares clients encore présents regardaient dans leur direction, à l'affût de ce qui se dirait, impatients d'alimenter la rumeur publique.

Darcival lui proposa d'aller parler dans un endroit plus discret. Après avoir posé son torchon, et non sans avoir soupiré, le restaurateur les précéda, les invitant à le suivre.

Il les emmena dans une remise, derrière l'établissement, où il entreposait les cageots, cartons et bouteilles vides. L'endroit avait beau être bien rangé, il attirait les guêpes et autres mouches. Tout en se protégeant des insectes malfaisants, ils en apprirent un peu plus sur Pedro Sanchez. Son récit commença ainsi :

— L'homme avait débarqué de nulle part un beau matin. Âgé de quarante à cinquante ans, il avait commandé un café peu avant midi. Plutôt grand, mince, avec son crâne rasé il inspirait le respect, pas le genre de gars auquel on allait se frotter sans raison valable. À cette époque, il manquait un barman. Au moment du service, voyant que tout le monde était débordé, Pedro proposa son aide spontanément. Après une courte hésitation, on lui demanda de passer de l'autre côté du bar. Là, il se débrouilla très bien, sachant se servir de la tireuse à bière, du percolateur et ne se trompant pas dans le rendu de monnaie. Pour le remercier, on lui offrit le repas. Tout en mangeant, il expliqua qu'il passait là par hasard pour visiter le coin. Attendu nulle part, il était libre comme l'air. Le trouvant plutôt d'aplomb, le patron lui proposa de prendre la place de barman. Sans hésiter, ce dernier accepta sous réserve qu'on lui fournisse de quoi dormir, laissant entendre que de toute façon ça resterait du provisoire et qu'il continuerait sa route le jour où il l'aurait décidé. Le tenancier aurait préféré un profil plus jeune mais ce gars-là faisait très bien l'affaire en attendant. Il se faisait respecter et gérait très bien la “viande soûle”. On lui prêta une chambre à l’étage et on se mit d’accord sur une rétribution à l’amiable. Pas de statut de salarié mais plutôt celui d’un ami qui aide, le temps que ça se tasse ! Le patron qui s’était un peu adouci, voyant que les deux gendarmes n’allaient pas l’embêter pour l’aspect administratif de la chose, les invita à le suivre dans ce qui fut le logement provisoire de Pedro Sanchez.

— Vous voyez, c’est un peu spartiate mais confortable malgré tout !

La pièce offrait effectivement tout ce dont on pouvait avoir besoin, lit, armoire, table chaise et sanitaires. Sobre mais complet.

— Il a disparu le jour où Jo est mort et depuis on ne l’a plus revu. Comme vous le voyez il n’a rien laissé derrière lui, on a fait le grand ménage et on cherche activement quelqu’un pour le remplacer. La saison est commencée et on est dans le jus !

— Quels étaient ses jours et horaires de travail ? demanda soudain Darcival qui jusque-là inspectait minutieusement la pièce à la recherche du moindre indice.

— Il ne venait pas le samedi matin. Pour le reste, il donnait un coup de main pour les services de midi. Bon, vous avez encore besoin de moi parce que j’ai du travail au bar, moi ! s’impatienta le patron.

— Oui, oui, allez-y ! Au fait ! ajouta Darcival alors qu’ils se trouvaient sur le palier. Est-ce qu’il possédait une voiture ?

— Une Clio de location je crois ! C'est tout ce que je sais de lui, ce n'était pas un grand bavard.

— C'est bon, on va vous laisser ! Si d'aventure il vous revenait quelque chose, même un détail insignifiant en apparence, n'hésitez pas à nous joindre ! Vous savez où on se trouve ? glissa Darcival avec un petit sourire en coin. Ah, une dernière chose ! dit-il à la façon du célèbre lieutenant Colombo. Est-ce qu'il a eu des relations avec Jo Le Mestrel, je veux dire, est-ce qu'ils se parlaient ?

— Non, jamais vu ! répondit laconique, le restaurateur.

Quand ils se retrouvèrent dans la rue, Despés et Darcival réalisèrent qu'en effet le service du midi allait commencer au Ty-Coz. Després proposa qu'ils aillent manger un morceau sur le pouce, vite fait dans son appartement. Elle avait quelques restes de la veille dans son frigo.

XXIX

En pénétrant dans le logement de la sous-lieutenant Valentine Després, Darcival repensa à la dernière fois qu'il était venu là, à cette façon qu'elle avait eu de poser sa main sur la sienne, à ce regard qui l'avait fait fondre mais il n'avait rien laissé paraître de l'émotion qui l'avait saisi.

Il lui proposa de l'aide mais elle déclina son offre, lui demandant juste de s'asseoir à table.

Pendant qu'elle s'affairait, il prit le temps de la détailler. Jusqu'à présent, englué dans ses pensées et accaparé par l'enquête, il passait un peu à côté d'une certaine forme de la réalité, réalisa-t-il. Il se demanda si sa proposition de tutoiement dans le cadre du travail avait permis d'établir une meilleure relation entre eux. Il en doutait. Même s'ils s'étaient laissés aller, l'un et l'autre, à des confidences sur leurs passés respectifs, la distance restait de mise. Il y avait le grade et la fonction bien sûr… Il sentait toujours chez elle une certaine retenue.

— Cornichons avec le pâté ? demanda-t-elle en lui tournant le dos, la tête plongée dans le réfrigérateur.

Il lui répondit machinalement par l'affirmative tout en réalisant que s'il analysait ainsi leur relation c'est que Valentine ne le laissait pas indifférent. Encore affecté par une séparation récente, survenue juste après le décès de son père, il avait mis entre parenthèses sa vie affective. Et, subitement, alors qu'il se tenait assis là, sur cette chaise en formica jaune dans le petit logement de la gendarmerie du Conquet, il lui sembla enfin revivre pour lui-même.

— Je ne suis pas un cordon-bleu mais je connais les bonnes adresses pour m'approvisionner en excellents produits. Ça devrait être pas mal ! dit-elle, souriante, tout en posant devant lui, pâté, pain au levain, saucisson et fromage. Les mains fines aux longs doigts de la sous-lieutenant s'activaient sous ses yeux. Il nota au passage les ongles délicieusement ovales et soignés.

Soudain, la sonnerie de son portable retentit. À l'autre bout du fil, il reconnut la voix nasillarde de l'inspecteur qu'il avait rencontré à Brest. On ne peut jamais être tranquille, pesta-t-il intérieurement.

— Lieutenant Darcival ? inspecteur Descours de Brest. La demande de surveillance de la chambre de madame Le Mestrel ne sera plus nécessaire, elle vient de décéder d'un arrêt cardiaque.

Bon sang ! jura Darcival à voix haute avant de se lever et de tourner comme un ours en cage dans la cuisine. Il resta quelques secondes sans parler, le temps pour lui de clarifier ses idées. À vingt kilomètres de là, croyant la liaison interrompue, l'inspecteur scandait des « Allô, allô ! » infructueux, jusqu'à ce que Darcival réagisse en disant :

— Notre homme n'est pas forcément au courant, on maintient la planque et on attend jusqu'à ce soir. De notre côté, on va se procurer les enregistrements vidéos de l'hôpital et on sera vite fixés…

Il laissa ces mots en suspens. Després le regardait fixer le vide devant lui. Une nouvelle fois, celui qu'ils traquaient, gardait une longueur d'avance sur eux.

Tout en restant attentive, elle avait eu le temps de préparer deux sandwiches qu'elle mit bien en évidence sur la table. Elle avait compris la teneur de l'appel et comme son supérieur, réfléchissait. Tel un automate, Darcival se saisit de l'un d'entre eux après avoir glissé son téléphone dans sa poche. Tout en le tenant à la main, il ne se résolvait pas à y mordre, trop préoccupé par la nouvelle qui venait de tomber. Després, le voyant dans l'embarras, crut bon d'intervenir :

— On va perdre sa trace, c'est ça ?

— Certainement pas ! Il ne nous facilite pas la tâche mais on va le coincer ! réagit Darcival du tac au tac. Effectivement, il est peu probable qu'il s'aventure à venir voir sa mère maintenant. La première chose à faire, c'est de vérifier qu'il ne l'a pas déjà fait, cela pourrait entre autres expliquer l'arrêt cardiaque… Pour ça il faut qu'on s'attelle au visionnage et au décryptage des images vidéos de l'hôpital : entrée principale, parking et entrée des artistes, si j'ose dire, parce qu'il n'est pas du genre à passer par la grande porte. À partir de là, on verra.

— Et après ? renchérit Després en mordant dans son casse-croûte.

Darcival se dirigea vers la fenêtre et regarda au dehors. Une pluie légère tombait sous la lumière estivale. Sur la route une cohorte de camping-cars arrivait d'on ne sait où. Tout en plantant à son tour ses dents dans la frugale collation, il commença à livrer le fruit de ses réflexions. Pedro Sanchez ou Jean-Claude Guy – on serait fixé sans tarder sur son identité – ne se classait pas parmi les enfants de chœur. Le légionnaire qu'il avait été, rompu à tous les efforts et sacrifices, maîtrisait parfaitement l'art de la survie et du camouflage. Repensant aux militaires qui avaient pisté Colonna en Corse, tapis pendant des heures dans le maquis en attendant patiemment le fugitif qu'ils traquaient, il défendit l'hypothèse selon laquelle Pedro Sanchez se terrait tout près d'eux, se préparant à fuir à l'étranger dès que les recherches se calmeraient.

Després ne répondit rien dans un premier temps puis demanda :

— On commence quand ?

— Dès que j'aurai appelé le procureur pour qu'il accélère les formalités de mise à disposition des images vidéo de l'hosto. Après on saute dans la voiture et au boulot.

XXX

Les yeux rivés sur leurs écrans, Després et Darcival étaient immergés dans le monde hospitalier depuis maintenant deux heures. À tour de rôle, ils changeaient de point de vue, passant de l'entrée du parking de l'hôpital à celle du service où avait été hospitalisée la mère de Jo Le Mestrel, sans oublier les parkings d'accès. En mode accéléré, les images vidéo se succédaient, donnant le vertige. Ballets incessants de véhicules, de piétons, de blouses blanches, de patients traînant derrière eux leur perfusion. À portée de la main, le portrait-robot du fugitif qu'ils recherchaient activement, une tasse de café pour rester éveillé, et la souris sur laquelle ils pressaient alternativement, clic droit, clic gauche…

Alors qu'il ne leur restait plus qu'environ deux heures d'images à consulter, Darcival n'y tint plus et planta là l'ordinateur. Se prenant la tête dans les mains, il se frotta énergiquement les yeux et lâcha un : « Y'en a marre ! » qui fit sursauter Després, elle-même engourdie par le travail de fourmi auquel ils se livraient. Après s'être étirée, elle retourna se chercher du café. En la regardant s'éloigner, Darcival se renversa sur son siège et se frotta la nuque tout en disant :

— Si ce gars est vraiment le frère de Jo Le Mestrel, comme on le croit, qu'est-ce qu'il est venu foutre dans le coin ? Et pourquoi aurait-il tué son demi-frère ? Quel aurait été son mobile ? Je ne vois pas…

— Mets-toi à sa place ! S'il s'agit de Jean-Claude Guy, le fils né sous X de madame Le Mestrel, imagine ce qu'a pu être son existence ! Trimbalé de foyer en famille d'accueil et inversement, sans repère dans la vie sinon l'administration qui joue le rôle du père et de la mère… pas très réjouissant tout ça, pas très structurant.

— Tu as raison, ça doit laisser un vide. Le père, je ne peux parler que de lui, n'ayant pas connu ma mère, agit comme un tuteur de vie, celui qui montre le chemin, le vecteur entre notre ascendance et nous, dit Darcival en se levant. Ne pas en avoir, prive de tuteur, de reconnaissance, d'exemple à suivre…

— Tu vois, je n'ai pas été gâtée avec le mien mais j'en ai eu un ! Et s'il a battu ma mère, moi, il m'a aimée, c'est important.

— Personne à qui se rattacher en ce bas monde, ne pas avoir de visage de référence, on doit se sentir extrêmement seul, perdu dans l'univers… chuchota-t-il.

— D'où une souffrance et une recherche éperdue de ses origines, conclut Desprès en s'asseyant.

Ils se turent, prenant le temps de digérer leur analyse et reprirent leur place devant leurs écrans respectifs. Pourtant, ni l'un ni l'autre ne lança le défilement des images.

— Il serait donc venu ici sciemment, pour connaître sa génitrice et une fratrie supposée, je veux dire des demi-frères ou des demi-sœurs, renchérit Darcival.

— Pour les connaître ou pour les liquider dans un esprit de vengeance, crut bon de compléter Després, qui tapotait avec un stylo sur l'accoudoir de son fauteuil. Il aurait voulu punir ceux qui l'avaient abandonné sur le bord du chemin.

— J'ai du mal à adhérer à ce scénario, sauf si on était sûr qu'ils se soient vraiment vus et que leur rencontre aurait mal tourné. Cependant, ce n'est pas le cas, personne ne les ayant aperçus ensemble. Si toutefois, c'était le cas, j'imagine très bien X entrant en relation avec Jo, et ce dernier le rabrouant, ne voulant pas en entendre parler.

— Ce qui serait tout à fait plausible et compréhensible dans la mesure où Jo ignorait son existence et qu'il avait à défendre sa position de fils unique !

— De là à tuer quand même ! s'exclama Darcival.

— Ce gars a exprimé sa souffrance dans la lunette du fusil de Brighton. Si, comme tu le supposes, notre X est un ancien légionnaire, il connaît bien les armes à feu, très bien même si j'en juge par le carton qu'il a fait à trois cents mètres, et de nuit ! Il serait un ancien sniper que cela ne m'étonnerait pas !

— On termine le visionnage des images vidéo, proposa Darcival. Ensuite, j'appellerai le ministère des Armées pour connaître leur réponse sur les renseignements que je leur ai demandés sur X. En fonction de ce que nous apprendrons, nous serons plus à l'aise pour échafauder des hypothèses et le coincer enfin.

L'étude des images ne donna rien. Il restait juste la présomption de l'avoir vu mais sans garantie. En effet, un homme portant une capuche rabattue sur le visage pouvait très bien être celui qu'il cherchait, mais rien n'en était moins sûr. On voyait l'individu se diriger vers la chambre de la mère de Jo mais pas y entrer, le champ que couvrait la caméra n'allant pas jusque-là. Un appel téléphonique les aida à se remobiliser sur l'enquête.

C'était la scientifique de Brest. Elle les informait que la voiture que conduisait Fauconneux n'avait pas été sabotée comme ils le soupçonnaient. Désormais, il était acquis que la mort du trafiquant pouvait être qualifiée d'accidentelle.

Quand Darcival appela le parquet de Brest pour connaître les résultats de sa requête au sujet de l'identité de Pedro Sanchez, on lui signifia une fin de non-recevoir. Déçu, il fit claquer le combiné sur sa base.

— Merde, pas fichu d'obtenir des infos quand on en a besoin !

Habituée à le voir plus calme, Després s'étonna de

ce brusque changement d'humeur. Cherchant à temporiser la situation, elle suggéra :

— Tu n'es pas passé par la case armée à un moment de ta carrière dans la gendarmerie ou tu ne connaîtrais pas quelqu'un de bien placé qui te doit un service ?

Darcival eut beau repasser son parcours dans tous les sens, il peina à y retrouver la trace d'un militaire qui pourrait lui être d'un secours aujourd'hui. À nouveau, on se retrouve dans une impasse, marmonna-t-il entre ses dents. Soudain, il lui vint une idée. Il repensa à une vieille affaire au cours de laquelle il avait permis l'arrestation et la condamnation du meurtrier de la fille d'un ancien légionnaire. Le père de la malheureuse ne pensait qu'à la venger et il avait réussi in extremis à l'en empêcher. Il se souvint être arrivé juste à temps avant qu'il ne fasse une bêtise. Sans qu'il le sache, le père meurtri avait mené son enquête en parallèle de la sienne et ils étaient arrivés en même temps chez l'assassin, Darcival pour l'appréhender et l'arrêter, le légionnaire pour faire justice et appliquer la loi du Talion. Par la suite, l'homme lui en avait été reconnaissant. Quelque part il avait une dette envers lui. Il chercha sa trace dans l'heure et le contacta dans la foulée.

XXXI

L'ancien légionnaire le rappela le lendemain en fin d'après-midi. Non sans mal, lui-même avait dû faire jouer des dettes personnelles pour arriver à rassembler les informations demandées par Darcival. Sans préambule, il commença un peu brusquement son récit et Darcival comprit au son de sa voix que ce n'était pas facile pour lui. Ce qu'il lui avait demandé avait peut-être nécessité de casser les codes de l'honneur et de la solidarité que ces hommes se témoignaient tout au long de leur vie. Néanmoins, comme partout, à la Légion il y avait aussi des zones d'ombre et paradoxalement, ce sont elles qui permettaient de faire la lumière sur son affaire.

Il y avait bien un Pedro Sanchez légionnaire et comme il le pensait, il s'agissait d'une deuxième identité, la première étant celle de Jean-Claude Guy. Au passage, il repensa à son départ dans la vie, sa naissance sous X, l'employé de l'état civil qui donna trois prénoms au nouveau-né, le dernier d'entre eux devenant son futur nom de famille comme le prévoit l'usage. Curieux et inopportun de parler de nom de famille pour lui qui n'en a pas eu, pensa-t-il.

Pedro avait fait vingt ans de Légion et en était parti avec le grade de sergent. Très bon élément, bien noté, il s'y était distingué par des hauts faits d'armes. On l'avait envoyé un peu partout sur le globe pour des opérations sensibles où il excellait comme sniper. Darcival, croyant avoir tout entendu fut sur le point de conclure la conversation et de prendre congé quand son interlocuteur crut bon d'ajouter, comme pour soulager sa conscience, des informations visant à redorer le blason du légionnaire. Quelques années auparavant, en Afghanistan, Pedro Sanchez avait été acteur d'un acte de bravoure. Coincés dans un guêpier tendu par les talibans, ils durent résister de longues heures dans l'attente de renforts. Dans l'intervalle, un de ses hommes fut sérieusement blessé en zone découverte et il n'hésita pas une seconde, allant récupérer son frère d'armes sous les balles ennemies. Il prit ce jour-là des risques insensés et de l'avis de ceux qui avaient vécu la scène de combat, il s'agissait d'un miracle. On en avait parlé longuement dans la presse à l'époque. En bref, un gars bien, solide et professionnel, conclut le légionnaire. Avant de raccrocher, ce dernier ajouta à l'adresse de Darcival :

— Ne me demandez plus rien maintenant, ça m'a suffisamment coûté ! Je ne suis plus redevable, on est quitte.

Sur ces mots, ils raccrochèrent. Darcival repensa au jour de l'arrestation du meurtrier de la fille du légionnaire. Ils s'étaient trouvés nez à nez, tous les deux armés, au rez-de-chaussée du pavillon où résidait l'assassin. Le père de la fille, déterminé, était venu là pour tuer, il l'avait lu dans ses yeux. Il se souvint alors avoir bataillé, tous les deux chuchotant à voix basse, pour lui faire entendre raison. Pendant ce temps, le meurtrier était censé dormir dans la mesure où il travaillait de nuit. L'évocation de ses autres enfants, la perspective de les priver de leur père l'avaient fait changer d'avis et il avait posé son arme. Par la suite, Darcival avait arrangé la vérité et n'avait pas évoqué son implication dans l'affaire. Il est ainsi certains jours où on doit faire des choix. Quand on sait qu'on agit pour le bien, on le sait d'instinct, même si cela se fait au détriment des lois en vigueur, répétait depuis ce jour Darcival à qui voulait l'entendre, quand l'occasion le justifiait.

Excités par ce qu'ils venaient d'apprendre et mus par la curiosité, ils s'empressèrent de lancer une recherche sur internet. L'un et l'autre voulaient en savoir davantage sur celui qui, avant de devenir un meurtrier, s'était distingué par un tel acte de bravoure au combat. Sur le site du journal local, ils firent défiler les “une” de l'époque qui les intéressaient, c'est-à-dire une dizaine d'années auparavant.

Une manchette attira leur attention :

« *Acte héroïque en Afghanistan, un légionnaire décoré.* »

Suivait l'article dans lequel on mentionnait que le soldat qui devait la vie à son sergent résidait sur la commune du Conquet avant son engagement dans la Légion. En médaillon, une photo le représentait, sous laquelle ils purent lire : Paul Grange. Se puisse-t-il qu'il s'agisse de celui qui tient le bar restaurant le Ty-Coz, se demanda Darcival en agrandissant le cliché. Sur l'écran la photo envahit tout le cadre, perdant peut-être un peu en netteté mais leur permettant de reconnaître à coup sûr le restaurateur avec trente kilos de moins que lors de leur dernière rencontre. Malgré l'écart de poids et la tenue militaire, on l'identifiait sans ambiguïté, il s'agissait bien de celui qui avait embauché et hébergé Pedro Sanchez.

Le téléphone sonna à nouveau. Impatient, Darcival se précipita sur le combiné en lançant à Després qui finissait la lecture de l'article de presse :

— La chance est-elle encore au rendez-vous ? Allô !

Després relâcha son attention de l'ordinateur et guetta les réactions de Darcival. La joie de son collègue fut de courte durée et elle le vit se décomposer à l'écoute du message de son correspondant. En raccrochant avec humeur, Darcival se lâcha :

— Merde ! Aucune trace d'ADN retrouvée chez Fauconneux à part les siennes ! Ce Pedro Sanchez est un vrai passe muraille ! pesta-t-il en se saisissant de son paquet de cigarettes.

Il en sortit une de l'étui et la tapota nerveusement sur le paquet tout en se dirigeant vers la porte qui donnait sur l'extérieur.

À l'adresse de Després qui venait de se lever à son tour pour le rejoindre, il dit :

— Il nous reste deux axes : surveiller le resto de Paul Grange ainsi que le domicile de la mère de Jo Le Mestrel.

— Pour quelle raison viendrait-il chez elle ? s'étonna Després.

— Peut-être pour se planquer ou récupérer des affaires de famille, une partie de l'histoire de la vie qu'on lui a volée. Des photos, des livrets de famille, des lettres, que sais-je ! À sa place j'aurais agi ainsi, pas toi ? s'exclama-t-il avant de tirer sur sa cigarette et de cracher la fumée bruyamment.

— Oui, tu as raison. Pour la planque devant le restaurant de Paul Grange, plutôt la nuit ?

— Pas seulement. Il est possible qu'il le rejoigne dans la journée pour le ravitailler ou pour l'aider. Tu imagines la dette qu'il a envers lui ? Il fera tout ce qui est en son pouvoir pour le sortir de ce pétrin, indépendamment de la gravité de ses actes passés…

— …et peut-être à venir !

Darcival réfléchit un instant en se passant la main sur le visage. Prenait-il la bonne décision ? Il repassait la situation en revue, réalisant bien que le temps était compté désormais.

— Ce qui me fait dire que la planque devant le Ty-Coz est la meilleure solution, finit-il par dire, c'est le fait que Paul Grange, si on allait l'interroger, ne lâcherait rien. Aguerri comme il est par des années de Légion, fidèle à son camarade auquel il est largement redevable, on n'obtiendra rien de plus. On met en place un dispositif devant le restaurant.

XXXII

Organiser la surveillance de Paul Grange ne s'avéra pas chose aisée. L'établissement dans lequel il travaillait, imbriqué dans le bâti du centre-ville, contrariait fortement la discrétion que nécessitait une telle entreprise. Utiliser un véhicule à l'arrêt servant de cachette se révéla difficile et paraîtrait rapidement suspect. Ils eurent beau retourner la situation dans tous les sens, ils durent se rendre à l'évidence que cela paraissait impossible à mettre en œuvre.

Després eut alors l'idée de solliciter une habitante qui occupait un logement juste en face et auquel on pouvait accéder discrètement par l'arrière, côté jardin, sans être vu du restaurant le Ty-Coz. Elle connaissait bien la dame en question pour lui avoir souvent parlé en allant faire ses courses. Un jour, alors que la septuagénaire, veuve de son état, était tombée sur le trottoir en rentrant chez elle, Després l'avait aidée à se relever et avait porté ses courses jusque chez elle. Par la suite, à chaque fois qu'elles se croisaient, elle l'invitait à venir prendre le café. De plus, elle croyait savoir que la dame en question se souciait peu du voisinage, vivant seule et côtoyant peu de monde. Installée au Conquet depuis le décès de son mari, il y avait trois ans, elle n'avait établi que peu de contacts avec les habitants de la commune. Ses fenêtres donnant directement sur la façade du Ty-Coz, l'endroit était on ne peut plus stratégique. Restait maintenant à la convaincre de bien vouloir les aider.

Discrètement, Després la suivit alors qu'elle se rendait à la petite supérette toute proche. Puis, l'air de rien, en arrivant à la caisse, elle l'aborda. Comme elle s'y attendait, elle fut invitée à la suivre pour aller boire un café à la maison. Sur place, après avoir tâté le terrain par un savant jeu de questionnement, elle lui fit part de sa requête. Contre toute attente, la proposition l'enthousiasma. Cela allait la distraire. Elle promit d'être discrète et de ne rien chercher à savoir tant que l'affaire ne serait pas bouclée. De leur côté, les gendarmes s'engageaient à ne rien révéler sur son implication à leurs côtés. Il fut convenu que le temps de la surveillance, la porte resterait ouverte sur l'arrière pour permettre les déplacements et les relèves, bien à l'abri des regards.

Darcival expliqua à ceux qui faisaient partie du dispositif ce qu'on en attendait. Surveiller les clients qui entraient dans le bar restaurant pour éventuellement repérer Pedro Sanchez et prévenir le QG des sorties à l'extérieur de Pierre Grange. Il serait alors pris en filature par un gendarme qui serait garé à proximité.

La planque débuta en fin d'après-midi. Installé sur

une chaise devant la fenêtre, derrière un rideau qui ne laissait rien voir quand on se trouvait à l'extérieur, Darcival fut le premier à occuper le poste de guetteur. Pendant ce temps, Desprès prenait son premier quart dans le véhicule banalisé juste à côté.

Les secondes, les minutes et bientôt les heures s'égrenèrent. Se succédaient les clients habitués, ceux qui viennent prendre un café, suivis bientôt de ceux pour qui se rapprochait l'heure de l'apéritif. Puis, aux alentours de midi, l'affluence se fit sans prévenir. Les repas ouvriers du Ty-Coz attiraient les artisans et les commerciaux de tout le pays par la qualité, l'abondance et les prix modiques. Alternance de bleus de travail et de costumes cravates, ballet de véhicules de société, Darcival redoubla de vigilance, le portrait du fugitif bien présent à l'esprit.

À deux mètres de lui, la vieille dame ne bougeait pas, occupée à tricoter, levant la tête de temps en temps vers lui en regardant par-dessus la monture de ses lunettes, guettant un changement dans l'attitude du gendarme. Équipé de jumelles, Darcival n'hésitait pas à s'en servir quand il éprouvait de difficultés à distinguer un visage ou quand il doutait.

Sur le coup des 13 heures, alors que la faim commençait à le tenailler, les premiers clients sortirent du restaurant pour rejoindre leur lieu de travail. À partir de ce moment, un ballet incessant de voitures bariolées aux couleurs des entreprises anima la rue l'espace de vingt minutes, au point de gêner parfois le travail de Darcival. Soudain, au milieu d'un petit groupe, il aperçut Pierre Grange, le restaurateur du Ty-Coz, sortir avec une mallette à la main.

Aussitôt, il se saisit de son téléphone et appela Desprès qui attendait, garée en bas.

— Il y a du mouvement ! Paul Grange vient de sortir du resto ! Il se dirige vers sa voiture. Il sera vers toi d'ici 30 secondes. Tiens-toi prête à le filer ! Ne te fais pas repérer ! J'entends la relève qui arrive, on se briefe dans la foulée !

On frappa à la porte. Bon sang, pesta Darcival intérieurement, je leur ai pourtant dit d'entrer discrètement sans frapper. Les coups se refirent entendre, plus insistants cette fois et il fit signe à la vieille dame d'aller ouvrir.

De sa place, il ne vit rien, son hôtesse, gardant la porte peu entrebâillée. Il tendit l'oreille, tentant tant bien que mal de déchiffrer les chuchotements qui lui parvenaient mais il ne comprit rien. Au bout de trente secondes, tout au plus, elle referma la porte et lui dit :

— C'est une voisine qui s'inquiète des allées et venues chez moi ! Je lui ai dit que je recevais de la famille, maintenant elle est rassurée.

Peu de temps après ce contretemps, le gendarme Dumoulin vint prendre sa place. Paul Grange était sorti, certes, mais celui qu'ils traquaient pouvait tout à fait venir quand même, ils maintinrent donc le dispositif jusqu'à nouvel ordre.

Une fois dehors, Darcival s'empressa d'appeler Després.

— Alors ?

Després cala le téléphone portable entre son épaule et son oreille et répondit tout en restant concentrée sur sa filature.

— Comme tu as dû le voir, il est sorti avec une mallette qu'il a posée sur le siège passager à sa droite et juste avant de démarrer, il a passé un coup de fil qui a duré quinze secondes, tout au plus. Depuis notre départ, il roule en respectant les limitations de vitesse et il m'entraîne vers le nord, on est sur la voie express en direction de Morlaix ! Je vais te laisser parce qu'il tourne en direction de Roscoff là… je te tiendrai au courant !

XXXIII

La maison de la mère de Jo Le Mestrel se dressait, un peu à l'écart, vers la plage de Portez, elle-même toute proche du centre-ville. La bâtisse des années cinquante se distinguait à peine derrière la végétation qui l'entourait tant les charmilles la cernaient de toute part. Darcival se gara un peu à l'écart. Aux alentours, le quartier était calme. Il s'approcha du portail d'entrée dont la peinture écaillée blanche laissait apparaître le bois par endroits. Un grincement se fit entendre quand il le poussa pour entrer dans la propriété.

Après avoir longé une petite allée de gravier blanc, il se saisit du trousseau de clefs qu'on lui avait apporté de Brest dans la matinée. Rien ne pouvait laisser penser que l'occupante des lieux était décédée. Les volets ouverts, les massifs bien taillés, la pelouse tondue, tout indiquait au contraire que la maison vivait au rythme de son propriétaire. Sur la façade avant, tout paraissait en ordre, nulle trace d'effraction visible et la porte était bien fermée à clef.

L'intérieur sentait l'encaustique. La maison bien tenue rappelait le passé. Sur les meubles en chêne et sur les murs, des photos et encore des photos. Toutes racontaient la même histoire, celle de la mer et d'un père disparu trop tôt. Il nota qu'il en manquait quelques-unes. On le voyait à la trace laissée sur le mur par l'absence du cadre. Il fit rapidement le tour des pièces du rez-de-chaussée puis gagna l'étage. Il commença par inspecter la chambre sur sa droite dont la porte restée ouverte laissait voir la mer par la fenêtre. On l'avait devancé ! Les tiroirs grands ouverts avaient été fouillés, de même que la grande armoire dont le contenu gisait à terre, pêle-mêle. Les autres pièces avaient connu le même sort.

Son téléphone sonna. Tout en le sortant de sa poche pour répondre, il s'approcha de la fenêtre. Le bleu de la mer et le soleil haut dans le ciel lui firent penser aux vacances.

— Allô ! soupira-t-il.

— Bonjour Lieutenant, gendarme Alonso à l'appareil, je viens de recevoir un appel de Louise Le Mestrel, la fille de Jo et Valérie, qui s'inquiète de ne plus avoir de nouvelles de sa mère depuis hier. En soi, ce n'est peut-être pas si grave mais j'ai pensé à l'enquête et je me suis dit que ça pouvait avoir son importance. D'habitude, elles s'appellent tous les matins vers 7 ou 8 heures et là rien, elle tombe toujours sur la messagerie.

Comment n'y avait-il pas pensé ? Bien sûr ! Dans sa quête du passé, bien qu'ayant tué son demi-frère, maintenant il voulait sûrement savoir qui il avait été de son vivant. Une pensée moins réjouissante lui traversa l'esprit. Et s'il s'était mis en tête de prendre la place de Jo auprès de sa défunte femme ? Une forme de folie en quelque sorte ! Il descendit les escaliers quatre à quatre non sans avoir au préalable exigé du renfort pour le rejoindre au domicile du Valérie Le Mestrel.

Il demanda également à ce qu'on aille chercher Louise à Brest pour la ramener au Conquet où elle leur serait certainement d'une grande utilité.

Et Paul Grange, dans tout ça, s'interrogea-t-il. Després ne perdait-elle pas son temps là-bas, vers Roscoff ? Il composa son numéro mais comme elle ne répondait pas, il laissa un message sur la messagerie.

— Després, on pense que Sanchez est chez Valérie Le Mestrel. Il se pourrait que Paul Grange nous entraîne sciemment loin d'ici pour brouiller les pistes. Rappelle-moi dès que tu as ce message et rejoins-nous.

XXXIV

Arrivés chez Valérie, Darcival et quatre autres gendarmes se déployèrent autour de la maison. Équipés pour la circonstance de gilets pare-balles et d'armes de service, ils firent le tour de l'habitation pour une première inspection. Par les fenêtres, ils cherchèrent vainement les indices d'une présence à l'intérieur. Dans la cour, encombrée de casiers empilés et de filets entassés dans de grandes caisses en plastique, nulle trace de véhicule et le garage gardait porte close.

Une enquête de proximité dans le voisinage immédiat ne leur apprit rien de plus, personne n'ayant rien vu ni entendu. Il faut dire que le quartier était calme et les maisons assez distantes les unes des autres. Darcival téléphona sur le poste fixe de Valérie. De l'extérieur, on entendait les sonneries résonner dans ce qui semblait être une maison vide. Quand Louise arriva sur les lieux, elle leur remit le double des clefs.

— Je pressens le pire ! laissa-t-elle échapper malgré elle en tendant le trousseau au lieutenant Darcival.

On vérifia dans un premier temps si la voiture se trouvait bien dans le garage. Pendant que la porte se soulevait petit à petit, Louise trépignait sur place, maintenue à l'écart par les gendarmes. Le panneau grand ouvert laissa voir le fond du local, le véhicule ne s'y trouvait pas, seule une moto était garée sur le côté. Dès lors, il parut presque évident que Valérie avait disparu avec sa voiture. Les craintes de Darcival se confirmaient, elle n'était probablement pas partie seule. Pour autant, il ne voulut pas faire prendre de risques à ses hommes, c'est lui qui ouvrit la porte principale après avoir pris le soin de faire surveiller la sortie arrière, celle qui donnait sur le potager.

L'arme au poing, il pénétra courbé, aux aguets, dans la demeure où seul le silence l'accueillit. Deux autres gendarmes se déployèrent derrière lui et méthodiquement ils fouillèrent les deux étages, ne négligeant aucune pièce et recoin. Quand Darcival eut l'assurance qu'elle ne risquait plus rien, il fit venir Louise.

— Pouvez-vous me dire si vous constatez quelque chose d'anormal ? lui demanda-t-il.

La mine affolée, elle s'empressa de faire le tour de la maison, s'attardant dans la chambre de sa mère où sur le lit, tiré à quatre épingles, traînaient encore des affaires comme quand on s'apprête à faire sa valise. Les tiroirs de la commode qu'on n'avait pas pris la peine de refermer, de même que les portes de la penderie, renforçaient cette sensation de départ précipité. Le problème demeurait en l'occurrence que l'intéressée aurait agi sous la contrainte. Rien d'autre ne permettait de comprendre la situation compte tenu de ce qu'on savait de Valérie et de la relation très proche qu'elle entretenait avec sa fille.

— Elle a bien fait sa valise ! confirma-t-elle. Elle était rangée ici dans ce placard. Mais où est-elle allée ? Elle ne m'a rien dit ! Ce n'est pas possible ! finit-elle d'articuler avec peine entre deux sanglots.

La pauvre ne se doute de rien ! pensa Darcival avec amertume. Pour autant, ce n'est pas le moment d'en rajouter avec la version que nous, nous connaissons, c'est-à-dire un rapt en bonne et due forme. Laissons-la tranquille et tempérons.

— Nous allons faire le nécessaire pour tenter de comprendre ce qui a pu se passer ! tenta-t-il de la rassurer. Elle a quitté le domicile au volant de sa voiture, on va la retrouver. Si vous le désirez, vous pouvez rester ici et nous laisserons un homme assurer votre surveillance, proposa-t-il.

— Non, ce ne sera pas nécessaire, je dois passer des examens à Brest, je serais mieux là-bas. Par contre, pourriez-vous me prévenir dès que vous aurez des éléments nouveaux ?

XXXV

Paul Grange gara sa Laguna près d'une petite station d'épuration, juste au-dessus du port du Bloscon à Roscoff, ne semblant pas se douter qu'il était suivi. Voyant qu'il s'était engagé dans une voie sans issue, Després s'arrêta à son tour près d'un chantier naval, sortit discrètement de sa voiture et attendit, se cachant au maximum pour ne pas être repérée. Un rapide coup d'œil sur son portable lui apprit que Darcival avait laissé un message. Elle s'apprêtait à l'écouter quand elle vit le patron du Ty-Coz sortir de sa voiture avec sa mallette à la main. Curieux qu'il se soit arrêté ici, se dit-elle en se dissimulant derrière une camionnette. Il passa à deux pas de l'endroit où elle se cachait et se dirigea en direction du Casino de Roscoff. Arrivé devant le bâtiment, il continua sa marche vers le port d'embarquement des ferrys pour finalement s'arrêter à son entrée, à l'abri d'arbustes qui bordaient les premières places de parking.

La sous-lieutenant Després contourna par la gauche et s'abrita derrière un gros 4x4 d'où elle voyait sans être vue. Son téléphone portable vibra à nouveau dans sa poche. Ce n'est pas le moment ! pesta-t-elle en l'éteignant.

Soudain, sur sa droite, elle aperçut un homme qui se dirigeait en direction de Paul Grange. De sa place, elle parvenait difficilement à distinguer s'il s'agissait bien de Pedro Sanchez. Elle sortit ses jumelles de la poche et les braqua sur le marcheur. L'homme à la barbe bien taillée serra rapidement la main du patron du Ty-Coz et se saisit brusquement de la mallette, puis ce dernier lui tendit ce qu'elle pensa être les clefs d'une voiture. Ils parlèrent quelques secondes. Probablement qu'il l'informe de l'endroit où est garée la voiture, pensa Després. Mais qui est ce gars-là ? Elle repensa subitement au vitiligo et ajusta ses jumelles sur le cou. Tourne-toi de ce côté ! trépignait-elle intérieurement.

Contre toute attente, l'homme tourna brusquement la tête vers elle et elle put voir au passage la dépigmentation de la peau. Elle n'eut pas le temps de poursuivre davantage sa réflexion qu'elle le vit faire volte-face dans sa direction, tenant à la main une arme de poing équipée d'un silencieux. En une fraction de seconde, il la visa et instantanément une violente douleur lui traversa le bras gauche, la projetant contre la carrosserie de la voiture, derrière elle.

Aussitôt, Pedro Sanchez prit la fuite en courant vers le parking de la gare maritime tandis que Paul Grange s'en allait lui aussi, mais de l'autre côté, vers le casino.

Une fois l'effet de surprise passé, Després reprit le dessus. La douleur était supportable et elle prit le temps d'inspecter son membre blessé. La plaie saignait mais tout laissait à penser que cela restait superficiel, la balle étant ressortie. Elle se redressa et appela Darcival. Alors qu'à l'autre bout du fil, son collègue décrochait, un ferry accostait présentant sa poupe pour procéder aux embarquements. Després comprit alors la raison de leur présence ici.

Grange lui apportait probablement des faux papiers dont Sanchez avait besoin pour passer en Angleterre. Première chose à faire, avertir les douanes, juste à côté. Elle raccrocha et courut vers le poste douanier.

XXXVI

— Bon sang ! Mais qu'est-ce qui se passe là-haut à Roscoff ! s'énervait Darcival. Non seulement elle ne répond pas quand on l'appelle mais en plus elle raccroche alors qu'on a à peine pris la communication !

Il recomposa plusieurs fois son numéro sans succès jusqu'à ce qu'enfin, il entende sa voix. À partir de là, il ne l'interrompit pas, la laissant lui expliquer l'invraisemblable. À l'autre bout du fil Després parlait vite. Quand elle eut fini son exposé des faits, il demanda :

— Ta blessure n'est pas trop grave ? s'inquiéta Darcival qui réalisa sur le coup qu'il tenait à elle plus qu'il ne le croyait et pas que sur le plan professionnel.

— Je vais me faire soigner quand j'aurai raccroché ! le rassura-t-elle.

— Et il est seul ?

— Oui pourquoi ?

— Parce qu'ici on a un autre problème. Valérie Le Mestrel a disparu et tout porte à croire que c'est

Pedro Sanchez qui l'a emmenée de force avec lui. Elle doit donc l'attendre quelque part contre son gré, ligotée et peut-être droguée… Merde ! Attends deux secondes ! dit précipitamment Darcival qui venait d'entendre le rugissement d'une moto dans la cour.

Il se pencha à la fenêtre et vit le bolide stationné tout à l'heure dans le garage partir à toute allure vers la route.

— Qu'est-ce qui se passe ? ne cessait de répéter Després dans le récepteur du portable que Darcival tenait à la main alors que sa voix se perdait dans le tumulte ambiant fait de course dans l'escalier, de cris…

Louise venait d'enfourcher son bolide et de partir comme une fusée.

Darcival réunit les quatre gendarmes présents et s'enquerra de ce qui avait bien pu se passer. L'un d'entre eux, présent à ses côtés à l'étage deux minutes auparavant, réalisa que Louise se tenait derrière eux pendant l'appel que Darcival avait eu avec Després. Elle avait tout entendu.

— Mais qu'est-ce qu'elle va bien pouvoir faire ? tempêta Darcival en tournant presque sur lui-même pendant que Després criait toujours dans le téléphone. Elle me fait peur, elle va se mettre en danger et qui sait, tout faire capoter ! Ou alors cette fille sait quelque chose que nous ignorons !

Darcival reprit son téléphone pour reprendre sa conversation avec Després :

— Excuse-moi pour tout à l'heure mais Louise, la fille de Valérie, vient de nous fausser compagnie sur sa moto et on pense qu'elle va filer vers Roscoff ! Quand elle a entendu que sa mère était là-bas avec Pedro Sanchez, elle est partie comme une fusée ! Bon, soigne quand même ta blessure, même si tu me dis que ce n'est pas trop grave, et ensuite attends de nouvelles instructions.

Sur ces mots il mit fin à la conversation. Il venait d'avoir une idée, la seule à ses yeux qui puisse être d'une certaine efficacité dans la situation où ils se trouvaient mais pour cela ils avaient besoin d'un hélicoptère.

XXXVII

Darcival avait dû batailler pour obtenir le décollage d'un hélicoptère, la hiérarchie ne jugeant pas nécessaire le déploiement de tels moyens. Pourtant, à force d'arguments et arguant l'urgence, un hélicoptère Écureuil fut finalement mis à sa disposition, dans lequel il prit place.

Sa stratégie consistait d'une part à repérer du ciel Louise sur sa moto et à la faire suivre par la route, une fois repérée. Dans le même temps, les gendarmes du Conquet procéderaient à la fouille minutieuse des documents administratifs, notamment les avis d'imposition foncière, aux domiciles respectifs de Valérie et de la mère de Jo. On cherchait l'adresse d'une villégiature dont ils seraient propriétaire dans le secteur de Roscoff. Le départ précipité de Louise lui avait mis la puce à l'oreille. Pour qu'elle soit partie comme cela, sans demander son reste, c'est qu'elle savait où se trouvait sa mère. Dans la tête de la jeune fille, le télescopage en mode accéléré des mots : Valérie, Roscoff, kidnappeur, tout cela assaisonné de beaucoup d'émotion, avait donné mis à jour une évidence dans son esprit : une habitation dans le secteur qu'elle connaissait pour y être déjà allée. Peut-être même qu'il s'agissait de la maison de leurs vacances quand ils étaient enfants. Le problème était que, pour l'heure, ils n'avaient plus personne de vivant de leur famille à qui poser la question. Par ailleurs, enquêter dans le voisinage prendrait trop de temps et ils n'en avaient plus. Tous ces arguments avaient su convaincre ses supérieurs.

La seule difficulté résidait dans le manque de discrétion de l'hélicoptère. Quand ils seraient vers Roscoff, il le ferait atterrir à distance raisonnable et rejoindrait un peloton de gendarmes du secteur qu'on avait mis à sa disposition.

Museau en avant, l'hélicoptère fonçait au-dessus de la campagne bretonne. Malgré le casque qu'il portait sur les oreilles il entendait encore le bruit assourdi des rotors. Sous ses pieds, la nationale 12 défilait son long ruban asphalté bleuté dans la campagne verdoyante. Ils n'étaient plus très loin de Morlaix. Soudain, au milieu de la circulation, il aperçut une moto semblant correspondre à celle de Louise. Il demanda alors au pilote de se positionner au mieux pour qu'il puisse la localiser aux jumelles. L'aéronef décrivit une petite courbe et vint se placer un peu sur la gauche de l'objectif. Darcival régla la netteté de ses oculaires et jubila. Il s'agissait bien de Louise.

— C'est elle qu'on suit, dit-il dans son micro à l'intention du pilote tout en la désignant en contrebas. On essaie de le faire le plus discret possible !

— OK ! répondit laconiquement ce dernier alors qu'en dessous, comme l'avait prévu Darcival, Louise prenait la direction de Roscoff.

Maintenant qu'ils l'avaient repérée, Darcival repensa à la mallette que transportait Paul Grange. Que pouvait-il y avoir dedans ? Compte tenu des derniers éléments connus, il ne voyait qu'une hypothèse, des faux papiers pour une fuite en Angleterre ou ailleurs et des affaires de cavale, une arme par exemple. Il peinait par contre à établir dans quel ordre tout ceci s'était mis en place. Le plan avait-il été mûrement préparé ou l'homme agissait-il au contraire par instinct, surfant sur les événements ?

XXXVIII

La fouille des deux domiciles du Conquet permit de connaître l'adresse probable où était retenue Valérie Le Mestrel et celle-là même vers laquelle se rendait sa fille Louise. Un avis d'imposition de taxe foncière faisait état d'un bien que madame Le Mestrel possédait sur la commune de Roscoff au lieu-dit Pen Al Lan. On avait aussi retrouvé des vues du ciel de ladite habitation, probablement prise à l'occasion d'un vol en avion de tourisme. Un des gendarmes présents sur les lieux avait reconnu immédiatement l'endroit, originaire lui-même de Saint-Pol-de-Léon, commune limitrophe de Roscoff. Sur une des photos, prise d'une altitude assez élevée, on distinguait effectivement le port de plaisance de Roscoff ainsi que le "jardin exotique" juste au-dessus. La maison, quant à elle, y était désignée par une flèche tracée au stylo rouge. Elle se situait près de deux autres habitations à une centaine de mètres du rivage. D'autres clichés la montraient plus nettement, pris de la route, notamment.

Darcival reçut toutes ces informations sur son portable alors que l'hélicoptère s'apprêtait à atterrir de l'autre côté de Roscoff, plus à l'ouest, là où ils ne se feraient pas repérer par Pedro Sanchez. Ce dernier devait d'ailleurs s'apprêter à fuir une nouvelle fois, si ce n'était pas déjà fait. Il fallait faire vite, pensa Darcival en posant le pied à terre, si on voulait récupérer vivante Valérie Le Mestrel.

Une dizaine d'hommes des gendarmeries de Roscoff et de Saint-Pol-de-Léon l'attendaient sur l'aire d'atterrissage. On l'informa aussitôt que Louise Le Mestrel avait été appréhendée et qu'elle se trouvait en lieu sûr à la gendarmerie de Roscoff. Sans attendre, ils prirent place dans les véhicules présents et se rendirent directement au hameau de Pen Al Lan.

Lourdement armés et munis de protections, les hommes se déployèrent autour de la maison. Un petit bâtiment restauré qui dut être une grange par le passé et qui était aujourd'hui devenu une charmante résidence secondaire d'un niveau. De petite dimension, elle devait compter tout au plus deux ou trois pièces. La voiture de Valérie, garée dans la cour, pouvait laisser croire qu'ils étaient encore là.

Devant chaque issue, fenêtres et portes, un gendarme se tint prêt, l'œil collé au viseur de son arme alors qu'un autre petit groupe muni de boucliers et d'un bélier força la porte principale. En une fraction de seconde ils firent irruption à l'intérieur et arrivèrent dans la cuisine-salle à manger où ils ne trouvèrent personne. Au centre, sur une table en chêne bordée de deux bancs, figuraient encore les restes d'un repas.

Des gémissements plaintifs leur parvinrent sur la droite. Prudemment ils progressèrent dans cette direction. La porte, bien que fermée, laissait entendre des lamentations étouffées. À nouveau, ils firent usage du bélier et investirent la pièce où sur un lit, bâillonnée et attachée, Valérie gémissait et se tordait convulsivement pour échapper aux liens qui l'entravaient.

XXXIX

Une fois libérée, on l'invita à s'asseoir dans la cuisine où on lui offrit à boire. Pendant ce temps, on continuait à fouiller les alentours immédiats. Valérie buvait en silence, encore sous le choc, regardant alternativement son verre et les hommes qui gravitaient dans la maison. Darcival, assis en face d'elle, ne l'interrompit pas, attendant patiemment qu'elle veuille bien parler et leur expliquer ce qui s'était passé.

Puis, sans prévenir, tout en tenant sa tasse de café à deux mains et en regardant par la fenêtre d'un air absent, elle commença ainsi son récit :

— Hier matin, j'ai reçu la visite de Nicolas Durand. Vous savez, celui avec qui je travaille sur mon projet de crêperie ?

Surpris, Darcival opina du chef sans intervenir. Elle reprit :

— Il venait m'informer qu'à Roscoff, une crêperie cessait son activité et vendait le jour même son matériel sur place. C'était une aubaine pour moi, j'ai sauté sur l'occasion et je me suis préparée à la hâte. En même temps, je me suis dit que ce serait l'opportunité de m'arrêter chez Louise au retour et pourquoi pas de dormir dans son petit deux-pièces. En somme, l'occasion de passer la soirée ensemble et de nous épauler face aux épreuves que nous traversons en ce moment. Je voulais lui faire la surprise. On n'a jamais eu autant besoin l'une de l'autre ! laissa-t-elle échapper dans un soupir. Il fallait également que je m'occupe des formalités, suite au décès de ma belle-mère.

Valérie laissa couler des larmes silencieuses et poursuivit. La vente s'était bien déroulée et lui avait permis de faire l'acquisition de matériel en bon état et à bon prix. À son départ de la crêperie, située sur le front de mer vers le port, elle s'accorda une petite marche vers la jetée qui sert d'embarcadère pour l'île de Batz. Avec nostalgie, elle repensa alors aux vacances qu'ils passaient ici en famille quand l'emploi du temps de Jo le leur permettait.

— Avant l'entrée des enfants au lycée, les séjours à Pen Al Lan dans la maison de famille de Jo sentaient bon le paradis. Mon mari était un bon père et s'occupait bien de ses deux enfants, prenant le temps de jouer avec eux. C'est après, que les choses ont commencé à se dégrader avec Ludovic. On ne sait pas ce qui s'est passé mais notre fils a subitement changé et les relations père-fils ont empiré. En passant en voiture devant le port du Bloscon j'ai eu envie de me replonger dans ce passé qui me manque tant. Comme je garde toujours sur moi un double de la clef sur mon trousseau, je m'y suis rendue…

Darcival s'impatientait mais la laissa finir. Il allait enfin connaître le fin mot de l'histoire. Lui qui avait imaginé un coup de folie de Pedro Sanchez s'en voulait d'avoir laissé ainsi vagabonder son imagination. D'un autre côté, après réflexion, il prit conscience que s'ils étaient là en ce moment, sur le point de mettre la main sur l'assassin en fuite, c'était un peu en raison de cette erreur d'appréciation de la situation.

— Je me suis garée devant la maison. Je n'ai rien vu d'anormal et je suis entrée à l'intérieur…

Serrant sa serviette de table avec force, après avoir pris une profonde inspiration, elle puisa au fond d'elle-même ce qu'il faut de courage pour raconter l'indicible, au risque de souffrir encore des souvenirs cuisants, si récents encore. À peine avait-elle poussé la porte qu'elle reçut un violent coup sur la tête et qu'elle tomba à terre, inconsciente. Quand elle reprit connaissance, elle était allongée, les pieds et les mains attachés aux montants métalliques du vieux lit de la chambre. À son réveil, elle était seule et elle portait un bâillon sur la bouche. Prise de panique elle essaya de crier mais les mots restèrent au fond de sa gorge et elle crut étouffer, tant l'air lui manquait sur le moment. À demi-inconsciente, elle somnola jusqu'au retour de son ravisseur.

— Il est entré doucement dans la chambre, il portait une capuche et des lunettes sombres. De sa poche il a sorti un revolver, l'a pointé sur ma tempe et m'a demandé de rester calme si je voulais continuer à vivre. En parlant lentement mais très fermement il m'a annoncé qu'il allait me détacher pour que je puisse boire et aller aux toilettes. J'ai fait tout ce qu'il m'a dit puis il m'a de nouveau attachée sur le lit. Ensuite, il a refermé la porte derrière lui et est ressorti. Après je ne l'ai plus revu.

— Il avait pris votre voiture ? demanda Darcival.

— Non, non, je ne l'ai pas entendu partir.

— Vous l'aviez déjà vu ? À quoi ressemblait-il ?

— Non, je ne l'avais jamais vu. Il portait une barbe et des lunettes de soleil. Par contre, il me semble avoir déjà entendu sa voix... dit-elle en fouillant dans ses souvenirs.

— Au bar restaurant le Ty-Coz peut-être ?

— Peut-être, je ne sais plus, ça me reviendra plus tard.

XL

Paul Grange vint spontanément à la gendarmerie de Roscoff. Inquiet de la tournure que pouvaient prendre les événements, il avait jugé sage d'agir ainsi, voulant se couvrir. Pour autant, comme Darcival s'y attendait, il ne lâcha rien et soutint jusqu'au bout sa version des faits. À la demande de son ami, il s'était rendu à Roscoff pour lui remettre des affaires qu'il avait oubliées chez lui. Questionné sur les intentions de Pedro Sanchez, il soutint jusqu'au bout ne rien savoir. Son frère d'armes lui avait donné rendez-vous au Port de Bloscon, un point c'est tout. Il se disait désolé du coup de feu tiré et avouait ne pas comprendre. Sous l'effet de la peur, il avait fui, se sentant lui-même en danger, ignorant de fait ce qui avait motivé la réaction de son ami. Il mit également en avant le traumatisme qu'il garderait à vie, consécutif à sa blessure en Afghanistan et dont il gardait maintenant comme conséquence la peur du bruit des armes à feu. S'agissant de ce qu'il lui avait remis dans les mains en plus de la mallette, il déclara qu'il s'agissait d'un paquet de cigarettes et d'un briquet. Il avoua ne pas comprendre le postiche porté sur le visage. Probablement qu'il avait ses raisons, de toute façon, il n'avait pas pour habitude de poser des questions sur des sujets qui ne le regardaient pas. Ainsi, Pedro lui avait demandé de se garer où il l'avait fait, il avait obéi, c'est tout.

Il faut remis en liberté mais pour autant, il restait sous surveillance et on étudierait son cas plus tard.

Darcival retrouva Després dans un bar du centre-ville de Roscoff, une façon comme une autre de se poser et de faire une parenthèse dans une affaire plus qu'énergivore. Un plan d'action avait été mis sur pied avec l'aide des autres gendarmeries du secteur. Toute la région du Finistère nord était quadrillée et les points névralgiques comme les ports et les aéroports mis sous haute surveillance. Maintenant, il fallait attendre et espérer que Pedro Sanchez commette une erreur fatale. Ils avaient donc la soirée devant eux sauf imprévu. Pourtant, ils ne purent l'un et l'autre débrancher tout à fait de leur affaire et Darcival ne résista pas au besoin de questionner Després sur un point qu'il n'avait pas encore élucidé ou tout au moins sur lequel on ne l'avait pas informé.

— Pourquoi Paul Grange s'est-il garé à cet endroit, l'obligeant à parcourir à pied la distance jusqu'au port ?

Després porta le verre de Coreff, la fameuse bière bretonne, à ses lèvres, avant de répondre.

— Parce qu'il n'y avait pas de caméras dans le coin ! Je pense qu'ils ont fait du repérage avant, mais pour être franche, je ne comprends pas tout. Nous en apprendrons plus quand on l'aura serré ! dit-elle en reposant sa pinte et en regardant dehors, comme pour signifier l'urgence de passer à un autre sujet.

À la fin de la soirée, ils allèrent prendre l'air du soir sur le port. Au bout de l'embarcadère pour l'île de Batz sur lequel ils se trouvaient, un homme seul jouait de la cornemuse. Les notes de l'instrument se fondaient dans la nuit naissante, accompagnant le soleil qui mourait dans la mer. Ensemble, ils s'arrêtèrent pour l'écouter, leurs mains posées sur la rambarde se frôlèrent l'espace d'un instant.

XLI

Au même moment, non loin de là, Pedro Sanchez arrivait près de l'endroit où Paul Grange s'était garé. Il passa devant un chantier naval puis se dirigea vers la petite station d'épuration toute proche dont il escalada la clôture. Comme le lui avait indiqué son ami, il trouva bien caché dans la haie un gros sac en toile. Prestement, il s'en saisit et ressortit de l'enceinte pour finalement la contourner jusqu'à déboucher sur le sentier côtier tout proche qu'il traversa pour descendre sur le rivage en contrebas.

Sur la petite plage, la mer était haute cachant presque intégralement l'estran en raison des forts coefficients de marée. À la seule lueur du crépuscule et des apparitions furtives de la lune derrière les nuages, Pedro fit l'inventaire du sac et s'équipa de son contenu. Il enfila une combinaison de plongée noire et ajusta son masque sur le front. Ensuite il gonfla une grosse bouée, noire elle aussi et après avoir dissimulé le sac de toile descendit dans l'eau où il mit aux pieds des petites palmes. Sur la bouée, il posa un sac étanche dans lequel tenaient toutes ses affaires. Lentement, il entra dans la mer, poussant devant lui son frêle esquif gonflable. L'eau froide traversa la combi. Instantanément, il retrouva les sensations qu'il éprouvait lors de ses missions à l'étranger quand il était à la Légion. L'adrénaline coulait dans ses veines, exigeant de lui le meilleur.

Il s'éloigna à une dizaine de mètres du bord puis progressa sur sa droite en direction du port de Bloscon. Il prit garde aux rochers qui affleuraient à cet endroit et nagea silencieusement dans la nuit à une allure régulière. Il se guidait aux seuls éclairages du port tout proche. Tout au plus avait-il une distance de quatre cents mètres à parcourir. Après avoir longé la digue et le quai d'embarquement, il les contourna et arriva ainsi à la hauteur du ferry qui s'apprêtait à appareiller pour l'Irlande une fois qu'il aurait laissé monter à bord les derniers véhicules.

Prudemment, se laissant glisser sans bruit dans l'eau noire, il s'approcha de la passerelle d'embarquement. Se tenant dissimulé le long de la coque du navire, il sortit la tête de l'eau et évalua la situation. Deux solutions s'offraient à lui. Soit il tentait de pénétrer dans le navire par la porte arrière du bâtiment mais pour cela il faudrait qu'il utilise un grappin pour se hisser à bord. Soit, il sortait de l'eau à cent mètres du point d'embarquement entre le poste de douane et le ferry mais alors il devrait parcourir à pied la même distance en terrain découvert.

Lentement, il avança jusqu'à la passerelle où les véhicules entraient encore dans le ventre du monstre d'acier. Au-dessus de lui les hommes d'équipage s'affairaient, criant des consignes, les plaques métalliques du ponton claquant sèchement à chaque passage. Trop risqué, jugea-t-il. Il s'éloigna un peu du bateau et des quais pour jouir d'une vue d'ensemble. Une file de voitures, tous feux allumés s'étirait, attendant leur tour. Plus embêtant, vers les barrières du poste frontière de même que vers le point d'embarquement, des gyrophares bleus scintillaient dans la nuit. Il sortit ses jumelles et fit sa mise au point, appuyé sur la bouée qu'il tenait devant lui.

Des gendarmes armés et des chiens inspectaient et contrôlaient tous les véhicules. Tant pis, ce ne serait pas pour ce soir. Il attendrait que ça se tasse et de toute façon, il avait trouvé une nouvelle planque et il pourrait tenir encore un bon moment. Il reviendrait tous les soirs pour affiner son plan et préparer le jour J. Sans amertume, il rebroussa chemin et regagna la petite grève d'où il était parti.

XLII

Le même soir, après avoir fait sa déposition, Valérie consentit à rencontrer un psychologue, plus pour que Darcival lui fiche la paix qu'autre chose parce qu'en réalité elle n'en ressentait pas le besoin. En fait, depuis qu'elle avait compris les dessous de ce qui avait motivé le meurtre de son mari, elle se sentait un peu apaisée. Non pas qu'elle pardonnait au meurtrier ou qu'elle souffrait moins de la perte des êtres chers qui émaillait son quotidien depuis peu. Non, simplement, elle se sentait en capacité désormais de pouvoir envisager de faire son deuil.

Il restait quand même une interrogation. Pourquoi ce Pedro Sanchez, son beau-frère en quelque sorte, avait-il tué son mari ? Les explications du gendarme ne la convainquirent qu'à moitié. Un crime dicté par la jalousie et un sentiment de non-reconnaissance, au sens propre comme au figuré, cela la dépassait. Les deux demi-frères s'étaient certainement vus mais quand, où et dans quelles circonstances ? Que s'étaient dits alors les deux hommes ?

Louise, qui conduisait, la regardait du coin de l'œil. Elle s'inquiétait pour sa mère et en même temps admirait sa force apparente.

— Tu es sûre que ça va ? lui demanda-t-elle pour la troisième fois depuis qu'elles avaient pris la route.

— Oui, oui, ne t'inquiète pas ma chérie !

Elles avaient mangé dans un petit restaurant de Roscoff et maintenant elles rentraient sur Brest. Louise récupérerait sa moto plus tard, un autre jour. Dans l'immédiat, les deux femmes avaient besoin l'une de l'autre. Sur le chemin elles comptaient s'arrêter dans la maison de Penn Al Lan pour récupérer des affaires ne risquant plus rien dans la mesure où deux gendarmes y restaient encore en faction. On ne sait jamais ! avait dit Darcival.

Les pleins phares de la voiture arrosaient la route départementale, Louise concentrée sur sa conduite se taisait. Elle mit son clignotant à gauche, on distinguait par moments le port de Bloscon. Sur un panneau elle lut : « *Jardin exotique*. » Cette seule évocation lui rappela les vacances qu'elle passait ici avec Ludovic et ses parents. Valérie, silencieuse elle aussi, cherchait dans son sac à main les clefs de la maison de sa belle-mère. Soudain, un choc violent ébranla l'habitacle.

Louise n'eut que le temps de freiner en urgence et de redresser le véhicule qui avait fait un tête-à-queue. Sous le choc, les deux femmes restèrent figées. Respirant avec peine, elles cherchèrent à distinguer d'où elles étaient ce qui avait pu causer cet accident mais elles ne virent rien. Heureusement qu'elles se trouvaient seules à cette heure, dans le cas contraire cela aurait pu être tragique. Louise, la première rompit le silence :

— On n'aurait pas tapé un chevreuil ou un sanglier ? réussit-elle à articuler difficilement comme pour se rassurer.

— Ah oui, tu crois ! répondit tout doucement sa mère encore tout étourdie par la soudaineté de ce qui venait de leur arriver.

Louise sortit la première de la voiture et en fit le tour. L'aile avant gauche enfoncée portait des traces de sang. Sûrement un gibier, pensa-t-elle en cherchant l'animal blessé ou mort. Se munissant de son téléphone portable, elle actionna la fonction lampe de poche pour fouiller les alentours. À cet instant, elle entendit un gémissement sur sa droite. Pétrifiée, elle poussa un cri.

XLIII

Se guidant à la seule clarté toute relative de la nuit, un homme marchait à pas mesurés sur le ballast de la voie ferrée. Il savait qu'il ne risquait rien, plus aucun train ne circulant sur cette voie. La nuit calme distillait une légère rosée qui brillait sous les rayons de la lune quand celle-ci voulait bien passer entre les nuages nocturnes.

Sur sa gauche, dans un petit fourré, il entendit du bruit, comme si on l'observait. Méfiant, les sens en alerte, il se dirigea dans cette direction, cherchant à percer le feuillage de ses yeux aux aguets. Par terre, il trouva un bâton dont il se saisit et instinctivement en donna des coups sur la végétation, devant lui. Aussitôt, un grognement lui répondit, suivi de la charge en bonne et due forme d'une laie et de ses marcassins. Par réflexe de survie, il tenta de s'échapper en passant de l'autre côté de la voie ferrée. Pour cela, il dévala la petite pente qui le séparait de la route en contrebas.

Subitement, un choc d'une extrême violence l'emplit tout entier, résonnant dans tout son être. Sur le moment, il garda le souvenir immédiat d'une lueur aveuglante. Freiné dans sa course il gisait, tel un pantin désarticulé. Le sanglier s'approcha, le renifla et fit demi-tour suivi de sa harde.

Il se sentit plonger dans le flou. Pour la première fois de sa vie peut-être, les choses lui échappaient. Sa conscience, telle une lampe vacillante, hésitait entre la douleur physique, prégnante, presque insoutenable et les souvenirs. Ainsi, quittant cette route sinistre où il gisait, il se revit à la pointe de Kermorvan, la fameuse nuit où tous ses problèmes avaient commencé.

Tout d'abord, il y avait eu Ludovic. Qu'est-ce qu'il pouvait bien faire à cet endroit à cette heure-là ! Il avait été obligé de le mettre hors circuit, le temps qu'il finisse ce pour quoi il était venu. Le gamin se trouvait à peine à dix mètres de lui, attendant il ne savait quoi. Il aurait tout entendu et serait allé tout raconter après. Et le boucan qu'il avait fait avec sa moto en arrivant ! Appliquant des techniques apprises à l'armée, avec un point de compression bien placé le fils de Jo avait sombré dans les bras de Morphée. De toute façon, il n'en avait pas pour longtemps et les bateaux commençaient déjà à quitter le port quand il l'avait étendu pas très loin de lui, à l'abri des regards.

Cela faisait bientôt une heure qu'il attendait patiemment l'appareillage de l'Albatros. Bien calé contre un rocher, le fusil en position, équipé de sa lunette de visée et de son silencieux, il se concentrait. Dans la chambre de l'arme, une balle.

Les souvenirs continuaient à défiler dans son esprit, parfois confus, parfois au contraire très nets. Cela faisait quatre mois qu'il séjournait au bout du monde. Ce qui ne devait être qu'une halte de quelques jours s'était prolongé contre toute attente. Qui aurait dit qu'en venant rendre visite à Pierre Grange, il aurait fortuitement déroulé le fil de son passé et enfin trouvé une réponse au secret de ses origines. Toute sa vie la question de sa filiation l'avait obsédé alors qu'il passait de familles d'accueil en foyers. Toute son existence, il avait envié ses camarades qui rentraient au chaud chez eux entourés de leurs parents pendant que lui avait dû se construire seul, un peu comme une mauvaise herbe qui pousserait comme ça, au milieu de nulle part, au hasard des vents.

Alors, le jour où il avait vu le vitiligo sur le cou de Jo Le Mestrel, il s'était plu à rêver que ce pourrait être son frère. Après avoir cherché sur internet, il apprit que cette dépigmentation de la peau pouvait avoir un caractère héréditaire. Ne voulant pas trop y croire, il l'avait quand même observé plus que de raison et s'était renseigné sur lui et sa mère. Enfin il était allé jusqu'à demander une analyse ADN à l'étranger en adressant à un laboratoire spécialisé un verre dans lequel Jo avait bu et le mégot d'une cigarette qu'il avait fumé. À la lecture des résultats, il avait reçu un choc en pleine poitrine. Au mieux, il s'attendait à lire que Jo était pour lui un frère utérin mais au lieu de cela il apprit avec stupeur qu'ils étaient frères germains, du même père et de la même mère ! Il ne comprenait plus rien.

À partir de ce moment, un raz de marée émotionnel le submergea. Dans un premier temps, il refusa d'y croire et continua toutefois son enquête sur la famille Le Mestrel. C'est ainsi qu'il découvrit que Jo faisait l'objet d'une surveillance par un détective. En menaçant ce dernier, il obtint sur un plateau quantité d'informations qui lui permirent de mieux connaître la famille, notamment Ludovic et ses problèmes de drogue d'une part, et Jo aux emprises avec monsieur Brighton, d'autre part.

Il alla ensuite jusqu'à intimider le détective pour qu'il laisse Jo tranquille, un peu comme l'aurait fait un grand frère pour protéger son cadet. Réalisant qu'il avait fait pour son frère ce qu'il avait attendu toute sa vie, en vain, de parents inexistants, la colère s'empara de lui. Subitement, il éprouva le désir et le besoin pressant de le rencontrer pour avoir une discussion avec lui. Il aurait pu choisir de voir d'abord sa mère mais cela remuait trop de rancœur et de souffrance et il ne s'en sentait pas encore la force. Pour son père malheureusement il était trop tard.

Un soir, alors qu'il servait au bar le Ty-Coz, il glissa à Jo un message écrit par lequel il lui proposait de le rencontrer, se gardant bien d'en donner les motifs mais suggérant l'urgence et la nécessité de sa demande. Dans le contexte du moment, avec les soucis que connaissait Jo avec Ludovic et Brighton, il attiserait sa curiosité et il viendrait facilement, pensa-t-il alors. De fait, comme il l'avait prévu, Jo ne fit aucune difficulté pour venir au rendez-vous fixé.

Le port lui avait semblé un endroit propice et ils se retrouvèrent sur la jetée qui faisait face au large, juste en face du phare de Kermorvan. C'était le soir aux alentours de 20 heures, il ne s'en souvenait plus vraiment tant l'excitation de pouvoir parler de lui et de sa vie pourrie lui prenait les tripes.

Après s'être serré la main, ils s'observèrent en silence. Jo attendait de savoir de quoi il en retournait tandis que lui, Pedro, prenait le temps de regarder le frère qu'on lui avait caché toutes ces années. Curieusement, il ne trouva pas de ressemblances physiques entre eux, hormis cette tâche bien sûr. Spontanément, ne sachant pas par où commencer, ne trouvant pas les mots pour prendre contact il lui montra le vitiligo qu'il portait sur le cou. Il n'avait trouvé que ça pour entrer en relation, pour expliquer l'indicible. Jo s'approcha un peu et ne comprenant pas le sens de son geste, recula d'un pas pour finalement manifester son interrogation par un hochement de tête.

Surpris, désarçonné, par la réaction de Jo, Pedro raconta tout, sa vie, son enfance, son passé, la raison de sa présence ici au Conquet, ses recherches. Les mots sortaient par flots, on aurait dit qu'il les vomissait tant ils se bousculaient dans sa tête. Jo ne l'interrompit pas, se contentant de l'écouter, les mains bien enfoncées dans son caban, le visage tendu. Quand il eut terminé, Pedro attendit, guettant une réaction chez son vis-à-vis. Submergé par les émotions, il n'avait pas décrypté les changements d'état de son frère. Aveuglé par son discours et ses souvenirs, il n'avait pas vu immédiatement que tout cela laissait Jo dubitatif. Les traits de son frère, empreints d'incompréhension, de surprise et de stupeur au début de leur entrevue avaient fini par exprimer de l'indifférence.

À son tour, Jo se livra, ne lui laissant aucune chance, lui signifiant que tout cela n'était que foutaises et inventions. Pour conclure, il alla jusqu'à le menacer, lui faisant bien comprendre qu'il n'était pas le bienvenu ici. Pedro s'était attendu à tout sauf à une attitude aussi hostile et tranchée. Sans réaction, les bras ballants, il le regarda partir, les yeux perdus sur l'horizon. Combien de temps resta-t-il ainsi, il n'aurait su le dire. Quand la nuit enveloppa le port, il ressentit poindre en lui de la fureur. On lui fermait la porte des origines, la porte du bonheur. Le salaud ne voulait pas partager avec lui, trop à l'aise dans son rôle de fils unique, pensa-t-il alors.

Cette nuit-là, il ne dormit pas, la rage le submergeant, chaque seconde plus forte. Rejeté à la naissance, il l'avait été une seconde fois par l'attitude de son frère et il le vivait comme un deuxième abandon. Subitement, il réalisa qu'il ne lui avait même pas montré les résultats des tests. Cependant, après réflexion, il se dit que cela ne changerait rien. Au matin, à bout, aveuglé par la haine, il avait pris sa décision, il le tuerait.

Soudain, il reprit conscience et ouvrit les yeux. Au-dessus de lui, avec en toile de fond la nuit, deux femmes le regardaient.

XLIV

— Oh mon Dieu ! laissa échapper Louise.

Alertée par les cris de sa fille, Valérie sortit à son tour de la voiture et blêmit à la vue de l'homme étendu là par terre, ensanglanté. Par réflexe, elle appela aussitôt les secours et Darcival.

En attendant leur arrivée, elles veillèrent l'accidenté, ne sachant quelle conduite tenir mais l'une et l'autre déposèrent sur lui leurs vestes pour le maintenir au chaud. Pour le reste, elles craignaient de faire une bêtise qui lui serait préjudiciable et de plus, les émotions vécues ces derniers jours les engluaient, les empêchant de raisonner et de prendre des décisions.

— D'où sortait-il ? demanda comme pour elle-même Louise. Je n'ai rien vu ! C'est comme s'il était sorti de nulle part !

Ensemble, elles regardèrent d'où il avait bien pu surgir dans la mesure où au-dessus de la route ne se trouvait que le talus ferroviaire de la voie ferrée.

— Il n'a pu venir que de là ! dit Valérie qui rajouta aussitôt. Tu as vu il nous regarde, on dirait qu'il reprend conscience !

— Monsieur, vous nous entendez ? fit Louise à son oreille tout en lui tenant la main.

Pour seule réponse, l'homme cligna des yeux et les referma. Dans le lointain, leur parvinrent les sirènes. Les pompiers arrivaient.

Dix minutes plus tard, les sauveteurs s'occupaient du blessé dont, à première vue, le pronostic vital semblait engagé d'après le médecin du SMUR qui les rejoignit peu après. Quand Darcival arriva, à son tour, sur les lieux, il s'exclama :

— Qu'est-ce qui vous est arrivé ?

Et pendant que les deux femmes lui relataient les circonstances de l'accident, Darcival s'approcha du corps inanimé avant de s'écrier :

— Bon sang ! Pedro Sanchez !

Interloquées, Valérie et Louise détaillèrent le visage du meurtrier de leur mari et père.

— C'est lui qui a tué Jo ! ? Lui qui m'a séquestrée ! balbutia Valérie soudain emplie d'une colère froide.

À ces mots, Pedro reprit conscience et revécut la scène du meurtre l'espace d'une seconde, pendant que sa belle-sœur le regardait, stupéfaite, avec des envies de tuer. Contre toute attente, il se surprit à éprouver de la tristesse au seul souvenir de cette nuit sur la presqu'île de Kermorvan quand il avait commis le fratricide.

XLV

Comme s'il revivait la scène une deuxième fois, il se revit, bien calé contre son rocher, attendant patiemment. Mais désormais, il ne pourrait plus rien changer, seuls les souvenirs l'habitaient et le rendaient triste. Cela ne l'empêcha pourtant pas d'éprouver à nouveau la jubilation du chasseur quand il tenait le fusil dans les mains.

Cette passion des armes l'animait depuis son plus jeune âge, depuis le jour où le père d'une de ses nombreuses familles d'accueil lui avait permis de tirer au cours d'une partie de chasse. Du premier coup, il avait tué le faisan débusqué par le chien à une quarantaine de mètres d'où il se trouvait. Cet homme, il l'estimait, il l'avait aimé. Malheureusement, peu de temps après cet épisode, il était mort d'une crise cardiaque. Au-delà de la peine éprouvée à la perte de celui qui ressemblait à un père, il avait gardé depuis le goût des armes à feu.

Après avoir introduit le chargeur dans le puits, il s'était bien installé, les pieds fichés dans le sol, promenant son regard vers le port à travers la lunette de visée. Grâce à l'infrarouge dont elle était équipée, il distinguait nettement les hommes qui s'affairaient sur les bateaux en partance pour la pêche. Agacé par l'intervention inopinée de Ludovic, il n'en restait pas moins concentré, guettant le départ de l'Albatros.

Quand ce dernier appareilla et manœuvra pour sortir de l'enceinte du port, il déverrouilla la culasse. Aussitôt, la cartouche entra dans la chambre dans un bruit sec. Il savait, au son métallique du projectile entrant dans le canon, que le destin de la cible était scellé. Comme si la mort s'était installée au bout du fusil et ne permettait plus de faire marche arrière.

Maintenant une ligne imaginaire le reliait à Jo Le Mestrel. De sa capacité à isoler la tête de son frère au milieu de la lunette de visée dépendait la vie ou la mort de ce dernier. Il fit le vide en lui, ne pensant qu'à sa cible. Concentré à l'extrême, comme quand il se trouvait en opération spéciale à l'étranger, il respirait lentement.

À la sortie du port, l'Albatros se présenta à lui sur le côté, au plus près de l'endroit où il se tenait. Dans la lunette, il cadra Jo entre les repères, expira une partie de l'air qu'il avait dans les poumons et bloqua sa respiration. C'était le signal. À partir de cet instant, le coup pouvait partir. Sans qu'il en ait conscience, comme d'habitude, comme par instinct, il tira, la détonation étouffée par le silencieux. Un bruit sourd et discret, disproportionné par rapport à l'impact que Pedro avait vu dans l'oculaire.

Il posa son arme et, muni de sa lampe, rechercha la douille de la balle éjectée de la culasse. L'odeur de la poudre planait dans l'air. C'est alors qu'il vit une ombre dans la nuit. À une quinzaine de mètres tout au plus, une tête dépassait d'un rocher. Prestement, sans bruit, il la contourna et la surprit par-derrière. Il s'agissait d'une femme, venue là pour espionner Ludovic, comme elle le lui dirait plus tard.

En la menaçant de son arme, il lui avait intimé de le conduire chez elle, voulant ainsi se donner le temps de prendre une décision à son sujet.

Décidément, rien ne se passait comme il le prévoyait. Si Ludovic ne se souviendrait de rien, par contre, s'agissant de Maud Kervuest, il n'eut pas d'autre choix que de la supprimer. Tôt ou tard, elle aurait tout raconté. Elle l'avait supplié mais il était resté insensible et l'avait étranglée sur son lit. On croirait à un cambriolage qui a mal tourné.

En attendant, elle lui avait appris autant d'informations que le détective de Brighton sur la famille Le Mestrel, notamment sur les relations de Ludovic avec Fauconneux le trafiquant de drogue. Repensant à l'argent qu'il avait pris à ce dernier, cette fameuse nuit où il avait hésité à saboter ses freins, il réalisa qu'il ne lui servirait plus à grand-chose aujourd'hui… Individu sordide, pensa-t-il à son sujet. Il lui sembla que tout s'arrêtait, que la fin du voyage était proche. Une certaine forme de résignation s'imposa à lui.

XLVI

Valérie ne pouvait détacher son regard de Pedro Sanchez. Elle dut s'en écarter un peu pour laisser travailler les sauveteurs mais même à distance elle cherchait à capter son regard. Elle aurait aimé pouvoir lui dire sa colère, son mépris et surtout connaître les raisons de son geste. Tout près d'elle, Darcival, silencieux jusqu'alors, commença à lui expliquer les dessous de l'affaire. Il jugea que le moment s'y prêtait.

— Vous voyez la tache qu'il porte dans le cou ? lui demanda-t-il en tendant l'index vers Pedro.

Valérie se pencha un peu pour mieux voir.

— Le vitiligo ? demanda-t-elle surprise. Mon mari avait le même ! crut-elle bon d'ajouter.

— Justement…

— Justement quoi ? fit-elle agacée et impatiente d'en apprendre davantage.

— Cette dépigmentation a souvent une origine héréditaire. Jo et sa mère avait la même, Pedro également…

Darcival ne finit pas sa phrase, attentif aux changements de réactions de la veuve du marin pêcheur. Cette dernière le fixait sans mot dire. Sous ses yeux, Valérie commençait à comprendre et elle restait là, interdite, sans bouger, la bouche ouverte.

— Ça n'a pas de sens ! finit-elle par dire avec une certaine agressivité dans le ton. Si Jo avait eu un frère, je l'aurais su et puis pourquoi un fratricide ? Pour quelles raisons ? Je n'y crois pas !

À ses côtés, Louise écoutait, pétrifiée elle aussi par les révélations de Darcival. À leurs pieds, Pedro Sanchez gardait les yeux fermés mais entendait ce qui se disait. Les mots lui parvenaient comme venant d'un autre monde, un monde dont il ne faisait déjà presque plus partie. Par instants la douleur l'envahissait violemment et on voyait une grimace sur ses lèvres mais aucun son n'en sortait. Désespérément, Valérie guettait une reprise de conscience chez lui alors que les secours s'apprêtaient à le charger dans le camion des pompiers. Elle voulait entendre la vérité de la bouche de Pedro.

XLVII

Toujours oscillant entre conscience et inconscience, le meurtrier terrassé par l'accident de voiture continuait à revisiter son passé proche. Les derniers événements défilaient à cent à l'heure. Après la nuit du meurtre, il se revit dans la maison de sa mère. Le temps de son passage chez elle, là où logiquement il aurait dû vivre son enfance, il avait, par la lecture des lettres et autres papiers de famille, agrandi la blessure dont il souffrait. Par procuration, en quelque sorte, il s'était repassé le film des souvenirs dont il avait été privé. Il en était ressorti laminé, désespéré, meurtri. Sa mère ne s'y trouvait pas à cette heure-là et c'était tant mieux car il aurait eu du mal à contrôler ses réactions et à gérer les émotions qui le submergeaient littéralement.

Ayant appris, peu de temps après, son admission à l'hôpital de Brest pour des problèmes cardiaques, il s'empressa de s'y rendre. Arrivé sur place, se sachant poursuivi, il ne tenait pas à se faire attraper comme un débutant et prit des précautions. Il réussit sans trop de mal à entrer discrètement dans le service de cardiologie après avoir évité les caméras de surveillance de l'hôpital. Le couloir, où flottait une odeur qui l'indisposa, était désert. La capuche bien rabattue sur la tête, il chercha le numéro que lui avait indiqué une infirmière de l'accueil. S'étant fait passer pour un voisin, elle le lui avait donné sans difficulté. Prenant garde à ne pas être filmé, il rasa les murs et se rendit directement à la chambre dont il ouvrit doucement la porte sans avoir frappé au préalable. Il avait peur qu'elle n'y soit pas seule.

— On est en train de le perdre ! lança soudainement le médecin du SMUR alors que les pompiers s'apprêtaient à le charge pour l'emmener sur Brest, attendant un hélicoptère d'une minute à l'autre.

Étendue sur le lit, elle regarda dans sa direction quand il pénétra dans la pièce. Perfusée, reliée à tout un tas de fils qui enregistraient ses paramètres vitaux, elle lui apparut dans sa fragilité. Derrière elle, des sinusoïdes bleutées couraient sur un écran, transcription lumineuse du cœur qui se battait pour vivre.

D'abord surprise, elle ne tarda pas à comprendre le motif de la visite quand Pedro, pour toute entrée en matière, lui montra le vitiligo qu'il portait dans le cou.

Sans l'avoir vu auparavant, indépendamment de la dépigmentation qui opérait comme une signature familiale, elle sut de suite qu'il s'agissait du premier fils auquel elle avait donné la vie. Il ressemblait à son mari. Elle avait toujours eu la certitude qu'elle se ferait rattraper un jour par son erreur passée. Une émotion intense et brutale l'envahit tout entière et sa poitrine se serra, se serra, entraînant une vive douleur qui la terrassa. Elle s'apprêtait à dire quelque chose mais les mots restèrent au fond de sa gorge. Le regard fixe, toujours pointé vers son fils, continuait d'exprimer la stupeur. Derrière elle, le moniteur cardiaque s'affola et la sinusoïde bleutée s'affaissa pour ne plus former qu'un trait plat. Quand l'alarme se mit à hurler, il n'attendit pas son reste et s'enfuit.

Le médecin urgentiste faisait tout son possible pour maintenir en vie le blessé mais le cœur ne battait presque plus. Pedro Sanchez se sentit partir pour de bon. Il acceptait désormais son sort. Sa dernière pensée fut de se demander s'il serait encore orphelin dans les étoiles ou si, au contraire, il y trouverait la réparation de son passé en ayant sa mère et son frère pour lui seul, se résignant à mourir après une vie qu'il savait gâchée.

XLVIII

D'un geste sec, Darcival ferma la fermeture éclair de son sac. Du rez-de-chaussée lui parvenaient des odeurs de soupe qui lui feraient regretter ses repas avec madame Guiclan. Il s'assit sur le lit en soupirant. Son travail à la section de recherche de Rennes lui plaisait mais il avait toujours du mal à quitter les endroits où le conduisaient les enquêtes. Il s'attachait facilement aux gens qu'il y croisait et à chaque fois qu'il devait partir, il ressentait un pincement au cœur.

Son hôtesse par exemple, au-delà des mots dont elle était économe et de son côté un peu revêche, lui avait témoigné tout au long de son séjour la plus grande bienveillance. C'était sans compter qu'elle lui avait été d'une grande utilité par sa connaissance du pays du Conquet et de la famille Le Mestrel. Il regretterait les repas en sa compagnie, bercés du tic-tac de la pendule qui trouait le silence dans lequel il leur arrivait souvent de manger.

Il s'approcha de la fenêtre. Au-dehors, la marée montante remplissait la ria, redonnant vie aux bateaux couchés sur le sable. D'où il se tenait, il pouvait voir

Jean-Yves, dont lui avait parlé madame Guiclan quand il l'avait aidée à ramener ses courses du marché du Conquet, donner des coups de pinceaux à la coque de son Louarnig. Ce paysage lui manquerait. Il agissait sur lui comme une horloge cosmique orchestrant le temps au rythme des marées.

D'en bas, la voix de la vieille dame lui parvint.

— Vous descendez ? Je vous ai préparé une tasse de café !

— J'arrive ! cria Darcival de sa chambre en prenant son sac.

Il descendit doucement l'escalier central en bois. Sous ses pieds les marches chantaient gaiement. Il prit le temps de détailler les photos qui en ornaient les cloisons. En noir et blanc pour la plupart, elles témoignaient chacune à leur façon du temps qui passe, inexorablement.

Après avoir posé son sac à ses pieds, il s'installa en face de son hôtesse. Sur la table, le café fumait dans les tasses et les gâteaux bretons étaient de sortie, de même qu'une douzaine de crêpes. En silence, ils tournèrent ensemble leur cuillère tout en se regardant. Madame Guiclan s'exprima la première après s'être raclé la gorge.

— Vous avez fait du bon travail, je vous félicite…

Darcival ne répondit rien, se contentant de la remercier de la tête pour ses compliments. De toute façon, il vit bien qu'elle avait autre chose à ajouter et, la connaissant suffisamment maintenant, il savait qu'il valait mieux ne pas l'interrompre si on voulait aller jusqu'au bout de ses confidences. Et, à l'observer plus attentivement, il sentit que ce qu'elle allait dire méritait qu'on soit patient. Les yeux rivés sur le tourbillon de café qu'elle s'appliquait à entretenir avec sa cuillère, elle commença ainsi :

— Vous vous souvenez ? Je vous avais appris que la mère de Jo avait accouché sous X à 19 ans !

Darcival opina de la tête tout en considérant qu'elle commettait une légère erreur puisqu'en fait, elle avait 16 ans. Après avoir laissé passer un silence, elle poursuivit :

— Ce que vous ne savez pas, par contre, c'est que le père de celui qui se faisait appeler Pedro Sanchez était aussi le père de Jo !

Cet élément, Darcival ne l'ignorait pas non plus, ayant eu dans les mains les analyses ADN demandées par Pedro qui confirmaient qu'ils étaient bien des frères germains, du même père et de la même mère. Néanmoins, il feignit la surprise pour l'encourager à développer ce qu'elle avait commencé à dire. Comment, en effet, cela avait-il pu arriver ? Attentif, il s'apprêta à boire les paroles de son hôtesse.

— Ce secret terrible, je le garde depuis toutes ces années. La mère de Jo m'avait fait jurer de n'en rien dire de son vivant mais maintenant qu'elle est morte c'est différent. Un soir d'été, alors qu'elle était venue récupérer son gamin qui s'était un peu attardé chez moi, elle s'était laissé aller à la confidence.

Sur ces mots, ses épaules s'affaissèrent un peu et son regard se perdit au plafond où elle semblait lire ce qu'elle lui raconta.

— Adolescente, elle vécut une histoire d'amour comme en vivent les adolescents, faite d'amour et d'eau fraîche ! Vous voyez de quoi je veux parler ? Elle vivait à Brest et lui prenait le car tous les matins pour suivre ses cours au lycée Kérichen de Brest, c'est là qu'ils se sont rencontrés. Peu soucieux de se protéger, probablement, ce qui devait arriver arriva. Elle tomba enceinte. À partir de ce moment, tout partit de travers. D'un côté, elle avait peur d'en parler à ses parents et d'un autre elle craignait que son chéri ne la quitte s'il l'apprenait. Par-dessus le marché, elle aurait bien gardé cet enfant. Dans la plus grande confusion, elle rompit avec le père de Jo, s'assurant ainsi de ne pas être abandonnée en le quittant la première. Ses parents ne le découvrirent qu'au sixième mois environ et ils s'employèrent à la convaincre d'abandonner l'enfant, mettant en avant son avenir qu'elle compromettrait en le gardant, et cætera et cætera… Vous connaissez la suite avec Pedro Sanchez, je devrais plutôt dire Pedro Le Mestrel… Lui non plus n'a pas eu de chance ! laissa-t-elle échapper dans un soupir avant de boire une gorgée de café. Une fois sortie de l'hôpital, elle n'en a plus jamais parlé à personne, sauf à moi le fameux soir dont je vous parle. Passée cette épreuve de l'accouchement sous X, elle a repris ses études et a vécu sa vie… jusqu'au jour où le hasard a remis son ancien petit ami sur son chemin.

Un jour, alors qu'elle attendait le train à la gare de Brest pour se rendre à Morlaix chez une tante, elle le croisa. Il sortait d'un wagon en compagnie d'autres militaires comme lui, des légionnaires. Les képis blancs avaient attiré son regard et il lui était apparu au milieu des autres soldats, beau, lumineux. Ils ne s'évitèrent pas mais ne se parlèrent pas pour autant.

Le lendemain, elle rentra par le même train. À sa descente, alors qu'elle passait devant le buffet de la gare, elle aperçut un légionnaire, de dos, qui buvait un café au comptoir. Poussée par la curiosité, elle poussa la porte de l'établissement et fit en sorte de voir son visage. Secrètement, elle voulait que ce soit lui. Quand elle se fut placée au bout du zinc, elle put alors voir qu'il ne s'agissait pas de lui. Déçue, elle ne s'avoua pas vaincue et griffonna sur un bout de nappe de papier qu'elle prit sur une table un message pour lui. Jouant le tout pour le tout, elle s'adressa directement au militaire et lui demanda s'il connaissait un dénommé Le Mestrel parmi ses frères d'armes. L'homme lui répondit par l'affirmative, expliquant qu'ils étaient sur Brest pour défiler à l'occasion de la cérémonie du 14 juillet. S'agissant de Le Mestrel, elle apprit qu'il pourrait profiter d'une permission de trois jours après la fête nationale. Avant de se quitter, il prit le mot qu'elle lui avait donné pour le lui remettre.

Dans son message, elle lui donnait rendez-vous le premier soir de sa permission. Le rendez-vous eut lieu et par la suite, ils reprirent lentement une relation amoureuse. Ses sentiments pour lui étaient restés intacts malgré le malheur qu'elle avait vécu. Elle apprendrait que suite à leur rupture, il était allé effectuer son service national. Une façon comme une autre de prendre le large et de fuir sa douleur. Dans la foulée, il s'était engagé dans la Légion pour cinq ans.

Ils s'installèrent au Conquet le jour de leur mariage. Lui travailla comme marin pêcheur et elle trouva un emploi de comptable dans une entreprise locale. Personne à part elle-même et ses parents ne savait qu'il était le père de ce premier enfant laissé à l'administration. Deux ans après leur mariage, la naissance de Jo eut lieu. Par la suite elle ne put en avoir d'autres, le destin peut-être…

Toutes ces années, le remords l'a rongée. Le remord et la culpabilité. C'était une véritable tragédie. Elle avait bien pensé tenter de récupérer son premier fils mais c'était trop tard.

— Et on retrouve encore une fois la Légion, fit remarquer Darcival. Le père s'est engagé par dépit amoureux alors que le fils abandonné, lui, a obéi à des motivations davantage existentielles et affectives. Il y a trouvé une famille, un cadre, une raison d'exister. Incroyable qu'ils aient ainsi suivi le même itinéraire sans jamais se croiser. La destinée en quelque sorte…

Dehors, un coup de klaxon se fit entendre, suivi de peu par l'arrivée de la sous-lieutenant Valentine Després. L'heure du départ sonnait, Darcival rentrait sur Rennes, appelé pour une autre mission de courte durée.

XLIX

Un mois avait passé, les juillettistes s'apprêtant à laisser la place aux aoûtiens. Le calme revenait peu à peu au Conquet où on se remettait doucement des derniers événements. Ce jeudi, Valentine ne travaillait pas. Sitôt réveillée, elle se dépêcha de se préparer. Elle devait récupérer Darcival à la gare de Brest. Comme promis, il revenait. Son départ précipité ne leur avait pas laissé le temps d'avoir une conversation. Au volant de sa voiture qui filait dans la campagne verdoyante, elle ne tenait plus en place, impatiente de le retrouver.

Avec dix minutes d'avance, elle prit place sur un banc dans le hall de la gare, s'attardant sur la fresque murale qui lui faisait face. On y voyait des grues portuaires besogner activement avec la ville en arrière-plan. Pour tuer le temps, elle les compara à des araignées géantes puis elle trouva à celles de droite des allures de girafes. Un appel au micro la fit sursauter, le train de Rennes arrivait en gare. Aussitôt elle se leva et alla à sa rencontre. Quand elle l'aperçut qui se dirigeait vers elle d'un pas assuré, elle remarqua qu'il était détendu. Pas comme à son arrivée deux mois auparavant où il lui avait paru crispé.

Comme à son arrivée dans la cité du Ponant, il y a plus d'un mois, ils prirent l'itinéraire de la côte se permettant à nouveau une halte sur la plage du Moulin Blanc. La marée haute faisait chanter les galets à chaque assaut des vagues, les faisant rouler par milliers dans un chant minéral. Silencieux, debout sur la cale face à la rade, ils regardaient passer les bateaux au loin. Tout près d'eux, des enfants jouaient égayant la scène de leurs cris joyeux.

Valentine, la première, prit la parole.

— Madame Guiclan m'a demandé de tes nouvelles. Tu lui as fait bonne impression, tu sais ! Elle ne jure plus que par toi depuis ton passage chez elle.

Amusé, Darcival tourna la tête vers elle et dit en souriant :

— Ce n'était pas gagné d'avance ! Je me souviens encore de son accueil, plutôt du genre glacial, tu vois ! Au fil du temps, on s'est apprivoisé et ma foi, on y est arrivé !

— Tiens, au fait ! Sais-tu aussi que Valérie, la femme de Jo, est sur le point d'ouvrir une crêperie à Roscoff ? Elle a voulu repartir à zéro après les événements douloureux qu'elle a vécus.

— Je pense que c'est une bonne chose pour elle, elle le mérite. Et sa fille ? Que devient-elle ?

— Il est question qu'elle travaille avec sa mère lorsqu'elle aura fini ses études d'infirmière à Brest, répondit Valentine en tournant la tête.

Derrière eux, une voiture, tractant un bateau sur sa

remorque, manœuvrait pour une mise à l'eau. Sans se concerter, ils quittèrent la cale pour libérer le passage et allèrent s'asseoir près des petites cabanes colorées des pêcheurs.

— Cette affaire Le Mestrel m'a profondément marquée, confia Valentine. En y réfléchissant, je me suis fait la réflexion qu'elle était truffée de symboles ! As-tu remarqué que Pedro Sanchez a été fauché par une voiture, comme si l'Ankou* avait fait le déplacement pour venger Valérie de la mort de son fils !

— Ah oui, on peut le voir comme ça ! souligna Darcival.

— Par ailleurs, poursuivit Valentine, viser la tête de son frère est horrible et certainement pas dû au hasard ! Je pense, pour ma part, que son geste a été guidé par une grande souffrance, un sentiment d'abandon. Le deuxième après celui de sa mère ! Les résultats des tests ADN trouvés sur lui ont certainement provoqué une rencontre entre les deux frères ! Et à ce moment-là, on peut supposer que Pedro s'est fait rejeter par Jo. Donc, on peut imaginer qu'en atteignant la tête de son frère biologique, il le faisait disparaître symboliquement, devenant alors le fils unique.

— Tu es une fine psychologue ! lui sourit Darcival.

*L'Ankou (en breton *an Ankoù*) est la personnification de la mort.

— Je ne sais pas, peut-être… En tous les cas, pour l'heure, je te propose d'être ton guide pour le reste de la journée. Au programme des réjouissances : de la flânerie avec des notes de bonne humeur et plus si affinité… J'ai réservé une table pour deux dans un hôtel-restaurant du centre-ville où on mange très bien. Pour les chambres, tu as le choix ! Soit le mode économique, une chambre pour deux, soit la formule luxe, une chambre chacun ! dit-elle en lui prenant la main.

FIN

125, Vieille Route de Rosporden - 29000 Quimper
E-mail : contact@editionsalainbargain.fr
Site Internet : www.editionsalainbargain.fr

ÉDITEURS DE BRETAGNE

Dépôt légal n°1 - 2e trimestre 2019
ISBN 978-2-35550-266-8 - ISSN 1281-7813
N° d'impression : 903417
Imprimé en France